Claude Sérillon

Un déjeuner à Madrid

ROMAN

cherche midi

Vous pouvez consulter notre catalogue général
et l'annonce de nos prochaines parutions sur notre site :
www.cherche-midi.com

Directeur de collection : Jean Brousse

L'auteur remercie Guillaume Wallut.

30, place d'Italie
75013 Paris

Mis en pages par DV Arts Graphiques à La Rochelle
Dépôt légal : mai 2018
ISBN 978-2-7491-5856-3

Un déjeuner à Madrid

Du même auteur

De quoi je me mêle, essai, Balland, 1987
Un certain sentiment d'injustice, essai, Balland, 1988
Le Bureau, roman, J.-C. Lattès, 1996
Une femme coupable, roman, Grasset, 1999
Dis-moi je t'aime, nouvelles, Balland, 2004
Le Cap et la Route, avec Jean Glavany, essai, Privat, 2005
Tu dors ? Non, je rêve, nouvelles, Panama, 2006
Les Années 70, encyclopédie, Le Chêne, 2006
Les Années 80, encyclopédie, Le Chêne, 2006
Les Années 90, encyclopédie, Le Chêne, 2007
Les Mots de l'actu, dictionnaire, Hachette Marabout, 2009
Le Lait, document, Plon, 2009
Dire du mal, essai, Descartes & Cie, 2015
La Conversation, nouvelles, Cent Mille Milliards, 2017
Vers à moi, poèmes, Cent Mille Milliards, 2017

« Il faut tromper les hommes
ou du moins les leurrer pour les sauver. »

François Mauriac, *De Gaulle*, 1964

C'est un lundi. Le 8 juin 1970. À six kilomètres du centre de Madrid, au palais du Pardo, le dictateur espagnol Francisco Franco, soixante-dix-sept ans, reçoit Charles de Gaulle, soixante-dix-neuf ans. L'un est au pouvoir de façon implacable depuis trente et un ans, l'autre ne l'est plus depuis un an. Viré. Les Français ont dit non au référendum portant réforme du Sénat et des régions le 27 avril 1969. Et le président de Gaulle est rentré chez lui. Francisco Franco a été un allié des nazis. De Gaulle est le symbole de la résistance aux nazis. Ils vont, après un entretien en la seule présence d'un traducteur, déjeuner ensemble, presque en familiers. Une première et une dernière fois. Une rencontre privée, mais ni l'un ni l'autre ne se cachent. La sinistre tragédie hitlérienne est terminée depuis vingt-cinq ans. De Gaulle achève sa vie par un coup d'éclat que son entourage s'efforcera, gêné, de traiter comme une anecdote. Pour l'histoire, ce n'en est pas une.

« Vous reprendrez bien un peu de saumon ?
— Oh, volontiers », s'empresse de répondre Yvonne.

Elle a juste compris *salmon*. Et saisi la signification du geste presque maladroit du petit général, à sa gauche, désignant en tremblotant le plat où la chair quasi rose du poisson est cernée de feuilles de salade soigneusement alignées comme à la parade…

« Je pêche et je chasse, voyez-vous ! Enfin, je pêchais, ou je chassais, autrefois. Un de mes sports favoris…

— Mon mari aime marcher, mais ce n'est pas un sportif.

— Ce que j'aime à la chasse, ou à la pêche, c'est l'attente. Tenir la canne, le fil bien droit, pas trop relâché à la surface de l'eau sinon le poisson se méfie. Et puis il faut avoir l'œil, observer le bouchon, ne pas se laisser distraire, être prêt, toujours, main ferme, le poignet tendu… »

L'ambassadeur de France Robert Gillet fait semblant de trouver tout normal. C'est son métier. Il traduit.

« Mon mari a toujours eu des soucis avec ses yeux, alors, vous pensez, la pêche au saumon ou à la truite ! Et l'impatience n'est pas le moindre de ses défauts...

— Je le suis, chère madame de Gaulle, je le suis. Toute ma vie, j'ai attendu... et puis j'ai saisi les opportunités ou bien ce que Dieu m'accordait... Et vous voici à ma table ! »

On rit légèrement. Sauf le mari d'Yvonne, qui a esquissé une levée des avant-bras en signe de désapprobation, agacé par la futilité des échanges. Mais il s'est ravisé :

« Eh bien, pour être franc, le saumon est un poisson que je connais mal. Un peu gras, m'a-t-on dit. Il faut se méfier du gras, me répète mon épouse. Moi, j'ai un penchant pour la bouillabaisse ! »

Pas mécontent de son effet, Charles, tandis que l'ambassadeur se débrouille pour traduire « bouillabaisse » en expliquant vite fait car il n'est pas spécialiste, n'est-ce pas, les détails d'une recette à laquelle Francisco Bahamonde ne prête guère attention.

« J'avais demandé un repas léger, sachant vos obligations...

— Il faut bien avouer que la maîtresse de maison, c'est mon épouse. Elle sait que j'aime les saucisses grillées et la blanquette, mais elle veille sur ma santé et a la manie des carottes râpées. Alors, vous comprenez, je me rattrape sur les œufs à la neige ! »

Et le Général, ravi d'avoir repris la main, de rire franchement. L'atmosphère est détendue. C'est fait. De loin, le tableau vivant de ces convives aux mines courtoises est un contre-jour. Un tableau que l'on aurait pu penser impossible, invraisemblable quelques décennies auparavant. On doit deviner la lourdeur de la température extérieure car, dans cette longue pièce assombrie volontairement par les tentures en grande part refermées pour éviter la charge du soleil, les invités comme leur hôte sont vêtus sobrement, presque tristement. Pas de couleurs chatoyantes. Un crépuscule…

« On ne vous a pas servi de vin ? »

Franco se montrera constamment attentif.

« Je ne préfère pas le midi. Sinon, vous savez bien, les militaires s'endorment l'après-midi.

— J'aurais pu vous proposer du porto, je sais que…

— Ah oui, c'est vrai, vous êtes bien renseigné, c'est mon péché mignon.

— Nous avons des goûts simples, général. »

C'est Yvonne, de sa voix habituellement mesurée, qui a osé. Elle est dans son rôle. Elle a compris que ce moment était pesant, qu'il lui fallait mettre sa touche, ce qu'elle répugne habituellement à faire. Mais cette fois, hors de chez elle, loin de chez elle et désormais sans contrainte…

« Je suis comme vous, reprend toujours à voix basse le Caudillo. Je sais bien qu'on murmure ici ou là que je vis en ascète et que ma santé n'est pas bonne. Mais je fais simplement attention aux excès.

— Vous n'en avez jamais commis ?

— Oh si ! Demandez donc à votre mari ! »

Le Caudillo serait presque badin !

On rit encore. Décidément, c'est agréable, ce déjeuner. Le Grand Général fait le sourd. Il n'a jamais apprécié les agapes bavardes. Il est par nature très regardant sur la discipline, y compris lorsque s'agitent les fourchettes.

« Dans ma famille, on était cinq enfants, et je dois beaucoup à ma mère. Elle nous a mis en garde contre les conséquences de l'alcool, et je vous rejoins, général : les garnisons parfois se laissent aller. Dieu m'a pourvu d'une bonne constitution. Je résiste, je résiste...

— Vous mourrez dans votre lit. Et c'est déjà un succès.

— Vous avez échappé à plusieurs attentats...

— Une poignée d'illuminés maladroits.

— Ils ont voulu nous tuer, Charles, les trous dans la voiture étaient à hauteur de passager ! intervient Yvonne de Gaulle.

— Bah, nous en sommes sortis indemnes et nous sommes en Espagne à présent ! »

Le Général fait une moue et lève les yeux vers le plafond ouvragé. Il a l'air si détaché...

Le saumon restera dans le plat. On a peu touché aux desserts. Ce fut un déjeuner d'un peu plus d'une heure entre gens de bonne éducation. Il n'était plus temps de revenir sur le passé. Franco avait eu son comptant. De Gaulle avait sans doute hâte de passer à autre chose. Il s'impatientait comme d'habitude. Ils s'étaient tout dit.

Cela fait longtemps que j'y pense. L'étonnement est une nécessité, un principe de vie quasi philosophique. La connaissance d'une information comme celle-ci ouvre un champ de surprises, de questions du genre « Mais vous êtes certain ? » bien vite partagé par ceux qui apprennent aussi ce « détail » de l'histoire contemporaine. Être soudain frappé par un coup violent, s'étourdir jusqu'à en avoir peur, être ébranlé par quelque chose, quelqu'un, une idée, une opinion, un fait *a priori* impossible, inacceptable par la raison commune : on n'est pas loin de la stupéfaction. Ce qui s'est passé à Madrid il y a maintenant presque cinquante ans ne peut laisser indifférent.

Enfant, il y a toujours quelqu'un pour jouer les héros, parfois le père, quelquefois la mère ou le grand frère. Et puis calé devant un écran, la boule au ventre, un morceau de Choco BN déjà écrasé entre le pouce et la paume, on gobe tout : les séquences où le méchant avance, celles où les bons semblent en mauvaise passe, celle, enfin, dans un suspense ménagé savamment, où le héros arrive. N'importe qui : Tintin, Rintintin, Tarzan, Zorro... C'est à peu près toujours le même épilogue. La fin glorieuse, les dernières minutes qui réconcilient avec toutes les angoisses ou les interrogations. Le héros, c'est celui qui jusqu'au bout se bat, ne déroge à rien de ce qui a fait sa réputation, sa force magnifique.

Le héros auquel on s'identifie donne à penser que, finalement, la vie est une vaste ligne droite, une voie royale où les personnages valeureux restent droits, jamais touchés par de mauvaises idées, imperturbables dans leur capacité à faire le tri entre les bons et les méchants. Les héros sont des demi-dieux. À mi-chemin entre un Olympe et le reste de l'humanité. Des super-héros en uniforme ou, plus tard, manière triviale de détourner les grands destins, en combinaison fluo dans des versions cinématographiques 3D.

On mélange tout, désormais, avec facilité, il suffit de bons logiciels. Et, entre fiction et réalité, bien malin qui peut se retrouver plongé dans les flux des réseaux sociaux où il est commun de mélanger les dates et les lieux, les brutes et les sauveurs, les assassins et les démocrates...

Le héros est un homme modèle, dont on doit s'inspirer, d'une valeur quasi religieuse. Quelle que soit l'époque, c'est fou ce besoin de héros.

On vénère le héros qui s'est distingué par une action éclatante de courage, souvent à contresens de l'histoire en train de se faire, dramatique ou pas. Le héros est digne de l'estime générale, l'estime publique béate qui a la mémoire très courte au point d'applaudir des héros sous la contrainte puis de les rejeter dans un enthousiasme liquidateur comme on se purifie d'un coup de ses emportements. Le héros a du génie, une vision, une force d'âme, une valeur quasi mystique, il ne peut se tromper, nous tromper, ou alors c'est que nous avons mal compris. Avec ce qui va suivre, il faut bien se poser la question.

Aussi, est-ce un reste d'enfance où le mythe du héros ne souffre aucune entaille, interdit les critiques, ce rendez-vous au Pardo m'a toujours semblé une énigme. Les moins regardants diront que c'est juste une bizarrerie humaine, une foucade, un aspect mineur d'une vie exemplaire, un accroc dans un tissu magnifique. Et qu'il ne sert à rien d'y revenir. Foucade : élan capricieux, emportement passager, fantaisie, lubie, tocade. J'avoue, j'ai du mal à me résigner à ces synonymes plus dignes de comédies légères que du cours de l'histoire. Les définitions littéraires sont réductrices pour un tel personnage politique. J'ai cherché à comprendre.

De Gaulle n'a jamais fait dans la fantaisie, ses choix, ses actes de rupture et d'indépendance résolue ont pu paraître ensuite visionnaires, et il serait quasiment iconoclaste que d'essayer d'en discuter le fondement. À presque quatre-vingts ans, l'homme était-il saisi d'un irrépressible besoin de se signaler à l'attention détournée de ses concitoyens ? Certes pas. Ceux-ci l'avaient répudié, et il n'a jamais montré une attention bienveillante quelconque aux mouvements d'humeur des foules. Il a simplement repris et poursuivi cette route solitaire qu'il affectionnait depuis ses premiers galons : « Je suis un homme qui n'appartient à personne et qui appartient à tout le monde. » Fermez le ban !

Et alors, que pense-t-il en faisant ce choix stupéfiant d'aller serrer la main de Franco ? Bien sûr, au regard de l'histoire qu'il a contribué à écrire, cela n'a que peu d'importance. Et l'on peut dénicher une sorte de réponse argumentée, dans la lettre que de Gaulle adresse au général Franco, le 31 mai 1969 (ce dernier lui a envoyé un mot amical au lendemain du référendum perdu) : « Je suis comme vous-même convaincu que le destin de l'Espagne et celui de la France, l'union de l'Europe, l'équilibre du monde dépendent dans une large mesure de l'accord fondamental et de l'action conjuguée de Madrid et de Paris. N'est-ce pas cela d'ailleurs qu'ont voulu nos Bourbons et les vôtres ? » Un an plus tard, les deux hommes se rencontraient !

Il suffit de se plonger dans les écrits du Général pour apprécier l'inexplicable. Il aimait jusqu'au cynisme sa marche personnelle, son pas volontaire, sa surdité aux petits commentaires, en somme sa totale liberté. Blessé dans son amour-propre en 1969, le héros n'avait plus de défi à sa mesure : « Cela ne m'amuse plus beaucoup, disait-il en 1968, désabusé, à son aide de camp Flohic.

Il n'y a rien de plus difficile, ni d'héroïque à faire. » Ayant affronté le pire, il lui semblait sans doute que la suite serait de moindre intérêt.

C'est un bonheur qu'il entretient, il aime sa solitude. Elle donne du mystère. Il est hors d'atteinte des cris de la meute. Épuisé par la lecture des centaines de milliers de pages écrites sur de Gaulle, on en ressort avec une assurance : cet homme n'aimait pas la foule, se méfiait d'elle, de ces gens qui se pressent toujours vers les vainqueurs et changent d'avis au moindre revers.

« Mais oui, j'ai toujours été seul contre tous... » répondra-t-il à Claude Mauriac en 1946 alors que la classe politique reprenait ses habitudes et allait le chasser des palais redevenus nationaux. Et il ajoutera ailleurs : « Dans le tumulte des hommes et des événements, la solitude était ma tentation. Maintenant elle est mon amie. De quelle autre se contenter lorsqu'on a rencontré l'Histoire ! »

L'embarras sur ce voyage espagnol est palpable à l'instant où il se produit, Franco n'était pas fréquentable, on guettait sa mort, la France de Pompidou entendait parler d'avenir. D'ailleurs, cette histoire bien réelle demeure fort peu racontée. Quelques pages ici ou là, un ou deux ouvrages hagiographiques toujours apparemment bien documentés mais parfois sidérants de dévotion et trop empreints d'admiration béate pour être acceptables.

Claude Sérillon

Nous rapporterons cette histoire en prenant des libertés d'écriture, beaucoup de libertés dans les dialogues et les postures restées secrètes, en dehors du récit rapporté par quelques témoins de ce qui a pu se passer le 8 juin 1970 à Madrid.

Beaucoup ont oublié cette date. Elle paraît bien anecdotique. L'époque était encore heureuse, racontent les économistes. La France avait changé de président, on parlait TGV et nouvelle société, le chômage touchait à peine trois cent mille personnes pour une population d'un peu plus de cinquante-deux millions d'habitants. Je ne sais pas si c'étaient des années heureuses, et il est toujours tentant de se pencher sur le passé en murmurant que c'était bien, oh oui, c'était mieux ! La France s'était ennuyée, avait écrit Pierre Viansson-Ponté dans le journal *Le Monde* en 1968, et puis s'était remise en marche, poussée par une génération éruptive qui guettait les faiblesses de ceux (gaullistes exclusivement) qui tenaient encore les pouvoirs. J'entrai dans le journalisme avec l'envie d'en vivre longtemps. 1970, c'étaient mes vingt ans. L'âge ni beau, ni meilleur, ni plus fort que ceux qui vont peu à peu construire une vie, l'âge des exigences et des désirs découverts. La génération de l'après-guerre, de l'après-Algérie, aussi, celle qui avait échappé à ceci et cela, celle des cheveux longs et des idées aussi vastes que le reste du monde en train de se laisser découvrir, arrivait dans la vie active. Et les mémoires perdaient de leur vigilance. 1970, début d'une décennie renversante, bénéfique aussi...

Le « héros français », retiré chez lui à la Boisserie, dans son paysage de brouillasse matinale, sombre, solennel et fermé, écrivait dans un relatif isolement et un refus de contacts avec ses successeurs qui, pourtant, auraient aimé venir se faire adouber par le connétable. *Le Canard enchaîné* ne ratait jamais une occasion de railler cette cour orpheline de gaullistes, gaulliens et autres affidés qui n'avaient que son nom à la bouche. On le laissait reclus à Colombey-les-Deux-Églises dans sa Champagne embrumée. À Paris et dans le reste du pays, on s'efforçait de tourner la page, de paraître modernes, comme délivrés d'une pesanteur respectable mais trop lourde. On s'en était débarrassé presque à notre grande surprise. On avait osé renverser la statue. Les gaullistes maugréaient mais tenaient encore bon. Le nouveau couple présidentiel, Georges et Claude Pompidou, s'affichait dans son intimité, parlait art moderne et citait des poètes.

La gauche allait tenter de faire programme commun, Giscard polissait sa route. En réalité, Pompidou n'en avait plus pour longtemps. Il laisserait quelques œuvres et un style, mais c'était une transition...

Un déjeuner à Madrid

Le « héros espagnol » de la Reconquista à Madrid était quasi invisible depuis de longs mois, on le disait atteint déjà de quelque maladie handicapante, mais il tenait toujours d'une main sanglante le pays qu'il avait conquis il y a plus de trente ans.

Ces deux-là n'auraient jamais dû se rencontrer. Ils avaient incarné deux camps en lutte à mort. L'un était un vainqueur, l'autre avait survécu au prix d'arrangements sinistres et de compromissions cyniques mais surtout d'une tragédie humaine. Pas comparable, bien sûr, au génocide ni aux liquidations staliniennes, du moins dans le bilan humain, mais si ressemblante dans les pratiques. Et cependant, par le choix souverain de l'un et la joie non dissimulée d'une telle offrande de l'autre, la rencontre a bien eu lieu.

On en a donné une version officielle. Elle est peut-être avérée. Mais invérifiable. Trop succincte et banale pour ne pas laisser la possibilité d'user de son imagination documentée pour mettre en scène ce qui s'est passé le 8 juin 1970.

Ici, on a choisi d'imaginer ce qui aurait pu se passer, ce qu'ils auraient dû se dire en vérité. Ici, le roman est certainement plus exact, plus proche de ce que nous savons à présent des deux hommes.

« Simple touriste. » Il y tient à ce qualificatif. Il n'est plus que Charles de Gaulle, pense-t-il comme cela pouvait s'entendre. La consigne est donnée. Ferme, claire et définitive. À toute oreille aujourd'hui extérieure à l'univers gaulliste, celle-ci peut à bon droit déclencher un éclat de rire. Personne ne peut y croire.

Croit-on un homme tel que lui, cette année-là, même éloigné du pouvoir après avoir été désavoué dans les urnes, même solitaire, muet, refusant des visiteurs qui, pourtant, se pressaient pour recevoir une onction, un adoubement qu'ils savaient cependant impossibles ? Croit-on l'occupant de la Boisserie, claquemuré par sa volonté seule, penché de longues heures chaque jour à sa table afin de rédiger des mémoires de guerre, d'espoir, toujours faire par soi-même son bilan, encore !, par crainte que l'on en vienne à déformer son œuvre ? Croit-on un général, voix de la France libre, quand il affirme qu'il n'est qu'« un simple touriste » ??

Mais l'homme est ainsi à soixante-dix-neuf ans qu'il boucle en deux mots toute interrogation, écartant les détails, les préparatifs, le trajet, les arrêts, les nuits où dormir, les repas, les interprétations, surtout.

Quel besoin a-t-il d'aller en Espagne et pourquoi diable veut-il absolument aller saluer le dictateur, le Caudillo qui fait garrotter criminels et opposants en se fichant pas mal des pétitions et des suppliques internationales !?

Commencer une histoire en multipliant les points d'exclamation et d'interrogation révèle l'embarras du chroniqueur.

Mais par quel bout saisir ce morceau d'histoire, cette échappée sans tambour ni trompette tricolore à travers la France puis l'Espagne, cette balade touristique sous protection particulière sur les routes basques et andalouses, castillanes enfin ?

C'est intrigant, révoltant assurément pour certains, cette promenade espagnole d'un ancien chef de l'État français et pas n'importe lequel.

Quelques pages ici ou là, quelques détails glanés, quelques suppositions développées avec le talent des spécialistes, des thuriféraires ou des faux amis, de ceux qui pensent avoir finalement trouvé la faille, le revers qui confirme ce qu'ils pensaient : ce général se fichait pas mal des idéologies et des combats politiques, il n'en avait que faire des gens de son camp, voire de ses « amis chers » (Malraux, Mauriac...), au point d'aller les trahir (du moins leurs idées, leurs engagements anciens) au Pardo un jour de juin 1970, cinq mois avant de mourir.

L'Irlande fut une fuite, à l'été 1969, un défi à la tristesse qui à coup sûr l'a étreint et au ressentiment qu'il ne dissimule pas. Il n'en restera qu'une photo, sur une plage ou une lande, trois silhouettes qui avancent contre le vent, contre l'adversité. On ne se serre pas les uns contre les autres, c'est lui devant, le corps en avant, penché juste ce qu'il faut pour fendre l'air, affronter un courant contraire. Sa femme est fortifiée sans doute, elle marche en regardant le sol, les sables mouillés, les pierres et je ne sais quelle trace du passé, ici. Le troisième personnage est l'habitué de l'ombre, physiquement ils se ressemblent.

Il l'a suivi à Baden-Baden. François Flohic, quarante-neuf ans, fut engagé dans les Forces navales françaises libres, il rejoindra le Général à l'Élysée, il a un titre : aide de camp. Dans la tragédie antique, l'aide de camp sait qu'il va mourir avec son maître. Il aide son camp et ce camp-là, cette fois, c'est un homme plus qu'un couple.

L'Irlande fut un spectacle, tandis qu'en France, où l'on se remettait des révoltes et des grèves, des succès sociaux et du renversement de l'icône, le nouveau président et sa femme alternent l'élégance et le conservatisme, la rondeur implacable et la finesse intellectuelle. Georges Pompidou ne commettra pas l'erreur d'aller saluer son prédécesseur à son retour de Cork et de Dublin. Il aurait été mal reçu.

C'était un an tout juste avant l'Espagne. Le voyage irlandais durera un mois, du 10 mai au 19 juin. Sans doute fallait-il laisser s'agiter derrière lui le nouveau monde. Sans doute avait-il avec l'amiral Flohic arrêté sans débat le principe de cet exil où les regrets de certains ne devaient pas laisser croire que le perdant refaisait le coup de Baden-Baden (le 29 mai 1968, de Gaulle disparaît pour une destination qui restera plusieurs heures inconnue. Il était auprès du général Massu, commandant les troupes françaises en Allemagne. Journées de tensions à Paris où chacun attendait son retour, ce qu'il allait faire… il revint et prit à revers les commentateurs : il restait au pouvoir, il annonçait la dissolution de l'Assemblée nationale, il répliquait par la manière forte aux manifestants…). Trop tard. Non, cette fois, les électeurs l'avaient laissé partir en le poussant fort. On s'en était débarrassé de ses coups de gueule, ses conférences de presse sous contrôle, ses foucades d'indépendance et son langage de jadis. En Irlande, les poètes s'alimentent des rumeurs de la mer et des murs de pierre qui bordent en lignes serrées les routes sinueuses, des bières qui débordent, des joues rosies par les pluies, des ciels invraisemblables de lumière et d'infini. L'île résiste. La terre est humide et verte. Le voyageur de ce début d'été 1969 a besoin de cet air et de cette terre pour se remettre d'aplomb, pour préparer son bilan, le récit de ce qu'il est, de ce qu'il a été. On trouvera ça logique et romanesque, grandiose et secret.

Qu'importe, on lui a claqué la porte au nez, alors qu'il aille au diable ! Plus tard, on fera le tri, on cherchera les erreurs et les ratés qui ont conduit à ça ! Plus tard encore, on réduira les derniers mois de la vie de celui-ci à quelques pages, quelques lignes, trop occupés que nous serons à réécrire le destin de celui qui, un autre mois de juin, trente ans plus tôt, exhortait les Français à continuer le combat, à réparer l'honneur de la France.

C'était une voix, la voix. Peu l'ont écoutée alors. Mais il avait posé le premier jalon. Il avait fui le territoire national pour mieux se battre et inciter ses compatriotes à faire de même.

Le début de l'année 1970 fut plus que frisquet. Des chutes de neige abondantes, des moins seize et moins vingt degrés au thermomètre, des tempêtes à faire peur en février (on relèvera plus de cent soixante-quinze kilomètres/heure à la tour Eiffel), des giboulées, des routes coupées... Bref, que faisait-il alors dans sa demeure de Champagne où le jour ne devait pas durer plus de quelques heures, où il fallait allumer les lampes afin de lire et surtout d'écrire ? Pas question de déroger à une discipline d'heures et de lignes à faire, de ratures et de moments de respiration.

Se souvenir de tout, de la Première Guerre mondiale, de l'emprisonnement, de Pétain, des rapports internes, du pays qui s'affole, de 1936, des communistes, du choix fait un jour de partir, de la Résistance, des discours, de Churchill, des bombardements, des morts, oh oui, de ces morts torturés dans les caves de Lyon ou de Paris parce qu'ils obéissaient aux ordres que lui donnait depuis Londres. « Ici, Londres. » Raconter tout cela pour que l'histoire soit servie.

Les Français ne l'oubliaient pas, non, ils le rangeaient quelque part sur une étagère haute et se précipitaient pour faire des emplettes et profiter des années bonheur dont ils ne pouvaient deviner qu'elles n'allaient pas durer, que ce nouveau président-là, cigarette à la bouche et rondeur de bon vivant, souriant, cultivé aussi, parce qu'il aimait la poésie autant que l'art moderne, parce qu'il rompait avec les larges costumes croisés et le ton militaire, ce président venu du Cantal n'allait pas vivre longtemps à l'Élysée. Souviens-toi de ces années-là entre twist et disco, la fin des Beatles, l'ascension de Georges Marchais, l'émission « À armes égales », Eddy Merckx et « L'Aigle noir » de Barbara. Souviens-toi de cette impression d'air neuf, d'un abordage sur une décennie forcément différente, naturellement déshabillée de vieux vêtements, de vieilles querelles, de vieux partis. Souviens-toi de la télévision noir et blanc, de l'élection de Salvador Allende au Chili, de *L'Aveu* d'Arthur London, des villes nouvelles, de la mort de Mauriac et de celle de Nasser.

Pourquoi n'est-il pas allé voir Nasser, plutôt que Franco ? Un non-aligné qui tenait la dragée haute aux Anglais plutôt qu'un despote isolé… Mais se rendre en Égypte n'aurait pas eu à ses yeux la même force. De Gaulle était dans le passé récent, dans l'Europe aussi…

Qui tenait le monde ? Leonid Brejnev, Alexeï Kossyguine et Nikolaï Podgorny en URSS, Richard Nixon à la Maison Blanche, Mao Zedong en Chine, Willy Brandt en RFA, le démocrate-chrétien Emilio Colombo en Italie, Golda Meir en Israël et au Portugal le dictateur António Salazar (mort le 27 juillet 1970) s'appelaient au téléphone. À Rome, après Jean XXIII et son concile novateur, c'est Paul VI depuis le mois de juin 1963. Et de ce côté-là, fini les arrangements douteux entre le Vatican et le chef espagnol, l'Église montre des signes d'agacement envers Franco. Les relations se tendent. Il n'est plus « l'envoyé de Dieu », et le clergé espagnol qui cherche à recouvrer son indépendance, notamment pour les nominations (Franco avait le droit de nommer ou de récuser), lui deviendra en partie hostile au point d'appuyer grèves et manifestations.

On avait vingt ans et on avait « fait » Mai 68, on avait fait tomber de Gaulle sans avoir le droit de voter, on avait la vie devant nous pour changer le monde et renverser les tables encore et encore. On faisait l'amour, le sexe, les deux à la fois quand revenait en boomerang l'envie des chemises à fleurs, des pétards et des boissons fortes, on se disait que bientôt, cette fois, on ne se laisserait pas voler la victoire. Et lui alors ? Oh, lui, il est intouchable, c'est une statue.

Seuls quelques-uns entretenaient la flamme, la silhouette, les bons mots, les décisions tranchées, se resserraient en un carré de soldats civils qui ne pouvaient supporter que les jours de l'année 1969, ceux de l'année suivante, effacent sans trembler, peu à peu, jusqu'à l'ombre de cet homme reclus volontaire à Colombey après sa virée irlandaise. Il ne nous intéressait plus. C'était ça le pire. La génération neuve, qu'elle ait érigé des barricades ou pas, s'en fichait, et tous les rappels des fidèles, ceux qui avaient suivi l'éloignement, ne rencontraient pas d'écho. Ils boudaient, ceux qui avaient choisi de collaborer, de rester dans les palais sans lui. Les commentaires des journalistes de la presse présidentielle ne faisaient guère référence au Général. L'actualité politique se renouvelait, le ton pompidolien occupait les esprits.

Dans les têtes chevelues, la messe était dite. Il était perdu corps et âme. Les villes et les campagnes donneraient son nom à des boulevards, des rues, des places ou des impasses, d'accord, mais n'était-ce pas le signal qu'il fallait effectivement l'oublier comme on oublie les vieux avant même qu'ils soient morts ? Fort de ce qu'il était, il affirmait que le « vouloir » populaire était souverain. Fanfaron comme un enfant, car il ne pouvait ignorer, tant les Renseignements généraux, les députés, les journalistes, qui rapportaient même avec des circonvolutions prudentes et respectueuses toujours, que ce « vouloir » était en train de se muer en grogne, en rejet. On avait envie qu'il s'en aille. « Dégage ! » dit-on aujourd'hui. Il a dégagé. Loyal, raide et épuisé. Mais l'Irlande ne lui a pas suffi. Les brumes froides, glacées, de la Haute-Marne et le peu de chauffage qu'il s'accordait auront peut-être précipité son envie de soleil, de chaleur, d'inconnu et d'interdit.

Nous, on s'en fichait. Il semblait alors que la vie s'accélérait. Que la décennie était prometteuse. Qu'on allait régler d'autres comptes avec le passé, les fachos, les staliniens, les curés et les réacs.

Les gaullistes orphelins s'accrochaient, veillaient au grain alors que montait dans l'opinion un Giscard et son allure à lui, aussi, bien au-dessus des vieilles figures gaulliennes, jeune, terriblement jeune, éveillant des troubles jusque dans le camp d'en face. Pour nous, c'était ça, la réalité de la France. Pas celle d'un accompagnement du grand homme qui avait été battu à la loyale ou bien avec la complicité de certains des siens soudain pressés d'accéder aux bonnes places.

L'année 1970 connaît des batailles de rue. Le magasin d'alimentation de luxe Fauchon est saccagé, bien fait ! La loi anti-casseurs passe, revers ! Le Quartier latin s'essaie chaque printemps à la répétition des heures d'affrontement avec la nostalgie des grandes controverses. L'ex-président ne dit rien, ne se prononce pas, reçoit peu, il trie, il sélectionne, il fait une sorte de ménage comme avant de s'en aller, encore, mais cette fois dans l'ailleurs auquel nul ne sait s'il y croit vraiment.

C'était ça qui gênait. Moins de deux ans après des barricades et des pavés qui avaient surpris (parfois enthousiasmé) les opinions mondiales, l'absence du Grand ne pesait pas dans les têtes de la génération où il semblait possible d'interdire des interdits et de changer la vie et le monde, à commencer par ce « cher et vieux pays » embourbé dans des représentations politiques plutôt défraîchies. Il était à Colombey, on avait survécu. Le reste était une affaire de temps, de souvenirs et de rancunes.

Les rapatriés pieds-noirs revenus d'Algérie n'étaient pas les moins mécontents. Les centristes aux allures de petits Kennedy (ah, Lecanuet !) étaient débarrassés de mauvaises consciences dues à l'histoire de partis démocrates-chrétiens pas toujours très nets dans leurs activités sous l'Occupation. Les différents peuples de gauche y voyaient une fenêtre de tir, et une grande partie des Français se disaient que la page devait bien un jour ou l'autre être tournée. Lui parti, muré dans un silence certes respectable mais quand même pas grandiose, on allait passer au siècle nouveau, aux costumes de ville, aux débats de société, à autre chose qu'à la célébration permanente de la Libération. Il y avait du cynisme, du « j'm'en-foutisme » dans cette attitude mais c'était comme ça.

Entre janvier et ce début du mois de juin, entre sa volonté énoncée d'aller en Espagne et de rencontrer « naturellement » Franco, où sont allées ses pensées ? Il a forcément revu tous les événements passés. Mais ce diable d'homme échappe aux règles. Déjà, cela faisait des années qu'il rechignait (le mot est pauvre) à aller aux cérémonies commémoratives du passé. C'est curieux pour un général (et à bien des égards c'est sympathique) de ne pas aimer les hampes de drapeau alignées, les serrements de mains d'anciens combattants bombant le torse alourdi par des ribambelles de décorations dont nul n'est en mesure de donner la signification à moins de porter sur soi le livre des médailles et autres breloques que la république aime à décerner histoire de calmer les amertumes citoyennes. Il désertait le Mont-Valérien alors que tous ses successeurs ne manquèrent pour rien au monde de la mémoire combattante ces heures au garde-à-vous, ces sonneries aux morts et ces discours répétitifs. Pire, il refusera de s'associer à ce genre d'événements. « À un peuple qui se refusait, il a donné son congé... Il est parvenu à muer une défaite en retraite... Il n'a pas subi... Il a choisi... » Comme c'est bien vu, bien écrit par Jean Lacouture. C'est la hauteur des maîtres, des dignitaires, des nobles de l'épée qui ne souffrent pas d'être accablés par la défaite. Sa retraite ? Une souffrance, certes, mais officiellement, clairement dit, une liberté. Pour écrire, dit-il. Ouais, peut être...

L'homme écrit bien, de façon emphatique, alanguie sur des considérations à présent fastidieuses, mais il a cet allant de la parole qui fait que l'on écoute ses mots comme on tend l'oreille pour une musique, un air d'opéra. On cherche et on cherchera longtemps, pour ceux qui le voudront, qui auront de la curiosité pour ce vainqueur abattu par le peuple dont il désirait le « vouloir », toutes les raisons du monde à cette réclusion derrière les hauts arbres de la Boisserie.

La bête est blessée, elle se relève et va là où on ne l'attendait pas du tout et même, pire, elle semble défier jusqu'à ses plus éminents soldats en leur jouant un sale tour, un retournement d'alliance, un geste comme une gigantesque gifle au visage de ceux qui, comme lui, ont refusé le coup d'État, la junte, le défi à la république, la dictature à visage chrétien intégriste. Sauf à être indifférent, aveugle ou ennemi, on ne peut que trouver ses derniers mois pathétiques.

De janvier à novembre, onze mois marqués de l'oubli aujourd'hui. Comme une glissade dans le silence du temps éloigné, passé. Il n'est plus à Paris, il est chez lui, protégé par ses refus d'audiences, de prises de position, de rencontres symboliques, alors il disparaît du rythme médiatique pourtant fort peu incisif ou actif eu égard à son activité de ce début du XXIe siècle. Il peut bien distiller de petites phrases que ses rares visiteurs colportent, on s'y intéresse de façon distraite. Il est donc tout à fait tranquille et prépare un voyage dont il ne méconnaît pas à l'avance qu'il fera polémique, suscitera interrogation et consternation. Aucun élément en ce sens n'a été retrouvé ni dans ses propos ni dans ses écrits, mais comment croire que le Général n'y a pas pensé !?

L'Espagne catholique attire de Gaulle. Il n'y est jamais allé. Il a lu suffisamment d'ouvrages pour se persuader que ce pays est à sa mesure. À son fils Philippe qui s'étonne d'un tel attrait, il répond : « Je ne veux pas mourir avant d'avoir vu le pays de Charles Quint. » Il a en effet toujours eu une certaine fascination pour l'empereur Charles Quint, monarque chrétien le plus puissant du monde né en 1500 et qui, au terme d'une vie de combats, en 1555, désabusé par la tournure des choses et les divisions de ses alliés, se dépouille de ses atours, cède ses titres, abdique aux Pays-Bas, donne ses droits en Espagne et se retire pour attendre la mort qui viendra trois ans plus tard dans le monastère de Yuste en Estrémadure. De Gaulle ne peut qu'être séduit par cet empereur dont la devise fut « Encore plus loin ». Plus de quatre cents ans après, le général français veut humer l'air de cette épopée, l'air ibérique fait de vents chauds et de couleurs frappées de soleil, de montagnes et de plaines immenses et sèches. Un pays avec des églises baroques partout, des lieux de repos solides sur la route comme de petits palais aux allures de châteaux bourgeois, des villes blanches et des vents lourds de terre, de sable et d'une odeur sèche, aussi rêche qu'un sol d'arène où il ne mettra pas les pieds évidemment. La corrida n'est pas sa tasse de thé. Cette sorte de tradition lui est presque étrangère, même s'il aura lors de son séjour espagnol l'occasion de débattre des mérites comparés de Dominguín et d'El Cordobés…

Ce qu'il cherche, c'est résoudre l'énigme de ce militaire maître tout-puissant de l'Espagne. Là, on entre, nous entrons, vous et moi, dans une contrée inconnue, un royaume clos indescriptible, objet de tant d'études et d'analyses qui au bout du compte entretiennent le mystère de cet homme né en 1890 dans une ville froide et propre, Lille, fière de son beffroi mais si rétive. Son catholicisme s'apparente plus à une discipline protestante : on se tait, on n'affiche rien, on garde pour soi ses misères mais également ses succès, on s'habille pour éviter le débraillé, on parle clair et fort mais, au moindre affront, on tourne le dos, on se retire, on économise sur tout, y compris sur la démonstration des sentiments profonds. L'Espagne des rois, alors ?

Mais le roi n'est pas là, exilé, par lui-même, peu désireux de fréquenter ce général aux allures de petit écuyer et à la voix de fausset, à moins que ce ne fût l'inverse. Le roi s'est condamné à l'abdication prochaine tandis que le militaire de Madrid couve le fils comme on entretient un dauphin en laissant croire que ce n'est qu'une régence, un passage obligé.

À la Boisserie, on aime les familles royales. On se sent des leurs. Et comme les sangs bleus ne se sont guère distingués depuis le début du siècle, ceux-ci ne sont pas mécontents d'être ainsi choyés par ce « connétable » autoritaire, capable de mener à la baguette une république défaillante au point d'organiser une sorte de coup d'État afin de s'installer à l'Élysée, souverain obligé, indiscutable et déjà bâtisseur d'une autre Constitution où bientôt le pouvoir d'un seul issu du suffrage universel consacrera cette étrange attirance du Général pour la monarchie. Il ne sera pas le seul dans la pratique virtuose de ce double jeu présidentiel, son meilleur adversaire, François Mitterrand, onze ans après sa mort, s'identifiera à cette idée saugrenue mais bien française d'un apparentement de régime royal et républicain. Il appréciait la compagnie des Bourbons, lisait-on. D'ailleurs, les affidés de la maison royale ne manqueront pas plus tard d'exprimer leur regret et leur soutien. Après tout, un homme capable de s'affranchir de sa hiérarchie, tout général qu'il était, tout sous-secrétaire d'État à la Guerre et à la Défense nationale (dans le gouvernement Paul Reynaud qui entre en fonction le 1er juin 1940) qu'il fût, est un objet digne de quelque intérêt pour la dynastie de France d'autant qu'avec un patronyme pareil la place est gratuite à table.

Et qu'il disparaisse des communiqués, des dépêches de l'Agence France-Presse, des cérémonies en tout genre, peu y voyaient un signe d'affaiblissement. Donc il pouvait bien faire ce que bon lui semblait, on ne l'observait pas de près, les moyens audiovisuels, encore pour un temps sous contrôle officiel, n'avaient aucune velléité à aller le traquer lors de ses promenades matinales dans son parc ou durant ses rares sorties au village voisin. Déjà s'amorçait cette nouvelle société mais sans la transparence féroce, sans l'indécence des rumeurs... Il avait tout son loisir pour faire ce que bon lui semblait.

Mais alors pourquoi a-t-il fait ça ? Pourquoi est-il parti en Espagne ? Pourquoi est-il allé voir Franco ? « Mais que diable allait-il faire dans cette galère ? » Géronte est perplexe devant Scapin... Les fourberies de celui-ci lui échappent. L'interrogation est devenue courante dès que l'on ne comprend rien, mais vraiment rien, à la démarche d'un ami. Le chef de l'État démissionnaire n'est pas réellement un ami pour les Français mais il fait partie des meubles, mieux, il est accroché comme un tableau précieux un peu partout, y compris dans les têtes de quelques-uns qui s'affirment chevaliers servants *ad vitam* du sauveur à la croix de Lorraine. La galère, c'est l'Espagne du dictateur qui serra la main d'Hitler à Hendaye en octobre 1940. Pas facile d'oublier cette image alors que l'épuration a nettoyé au-delà de la raison et souvent les mains salies de règlements de comptes les rangs des fidèles supposés et des collaborateurs avérés.

Que diable va-t-il faire avec ce sinistre bonhomme à moitié haut comme lui ? Molière au moins avait seulement fomenté une pièce, une comédie, mais là ce n'est plus du spectacle sur tréteaux, c'est pour de vrai. Depuis Colombey, les préparatifs ont été menés fort discrètement. Pas le genre de déplacement dont on peut se vanter partout et longuement. Les radios et télés sont sous contrôle, il y a fort peu de médias, hors les journaux et magazines en kiosques, et puis la personnalité du sauveur de la France impose une sorte de retenue, de distance respectueuse. Pas touche à notre grand homme ! Et d'aucuns d'ajouter : on lui a suffisamment fait de peine. Qu'on le laisse vivre en paix !

Certes, mais le grand homme si soucieux de son image dans la suite de l'histoire n'en décide pas moins ce voyage sans s'en ouvrir à quelques-uns de ses plus proches, sans accepter suppose-t-on quelques remarques contraires... « Naturellement, je verrai Franco » est à peu près la seule phrase que quelques exégètes, le plus souvent tout acquis à la cause, rapporteront dans leurs ouvrages multiples, incessants mais si rares sur cette entreprise qui rappelle fort l'agacement de Géronte : « Que diable ! » La galère, c'est pour après, pour ceux qui l'apprendront au retour, pour ceux à qui on demandera des comptes : « Dites-moi, cher ami, votre général va voir l'ancien pote d'Adolf ? » Formulation assez triviale, mais qui résume longtemps après la surprise de celui qui sait. « Que diable est-il allé faire ? »

Pour l'instant, ce sont les mois qui précèdent, et peut-être d'autres indices sont-ils nécessaires.

Dès 1958, le président (celui du coup d'État permanent *versus* François Mitterrand) demande à Maurice Couve de Murville, alors ministre des Affaires étrangères, de prendre contact avec Madrid. Treize ans après la Libération : cela semble donc une parenthèse suffisante pour le chef de l'État qui peut se permettre ce que bon lui semble tant son statut est au-dessus de tout soupçon. À l'époque, le directeur de cabinet du ministre des Affaires étrangères est un certain Robert Gillet. Diplomate issu de la grande bourgeoisie industrielle de Lyon, il sera aussi en 1970, ce 8 juin, l'ambassadeur de France (le septième depuis 1945 à ce poste) à Madrid, présent lors de l'entrevue entre Franco et le Général.

La raison diplomatique et l'idée du Général d'une Europe des nations avec les Hispaniques, de part et d'autre des Pyrénées, commandaient de ne pas fermer complètement la porte, d'élever un peu les sourcils parfois, de surveiller les organisations des droits de l'homme et d'attendre que le temps passe. Il est passé, le visiteur qui s'annonce n'est plus au pouvoir, il n'a donc rien à solliciter d'officiel sauf que, bien entendu, les télégrammes des chancelleries ont dû s'activer le plus secrètement possible. Un tel hôte ne passera pas inaperçu.

Franco préserva sa vie privée.

Personne, sauf sa fille Carmencita (et plus récemment sa petite-fille, résolument persuadée que son grand-père était un brave homme), n'a renseigné sur la nature joyeuse du Caudillo et sur ses capacités à sauter de joie. Elle le raconta. On en doute, mais quand même, le « Paco », comme si peu avaient le droit de l'appeler, ne doit pas goûter son plaisir en apprenant que le résistant par excellence aux nazis vient se promener en son domaine et que, cerise sur le gâteau, il souhaite le rencontrer. C'est de la politesse, de la bonne éducation, du savoir-vivre, et cela n'est pas pour déplaire à l'occupant du Pardo, c'est une marque de respect entre militaires du même rang (ou presque). Le respect !

« Mes respects, mon général ! » On a du mal à imaginer cette formule dans la bouche du Général visiteur. Il faut chercher ailleurs la salutation à venir. Un simple bonjour ne pouvant suffire d'ici le 8 juin, le Français curieux de voir à quoi ressemble Franco trouvera bien les mots adéquats. Il sait que celui qui a renversé la république ne l'aimait pas trop, qu'il lui préférait Pétain.

C'était son préféré. Ils s'étaient connus au Maroc puis à Madrid lorsque le Maréchal fut ambassadeur de France. Ils s'étaient trouvé des sujets de conversation et des intérêts communs : la patrie, la famille, l'armée, l'ordre et la haine des rouges. Pétain fera des « gestes » envers les franquistes, gestes sinistres qui conduiront maints opposants devant des pelotons d'exécution ou sur des gibets. Il est intéressant de noter que les militaires entre eux, quels qu'ils soient et de quelque camp qu'ils mènent des batailles, en arrivent à se considérer tous du même moule, du même monde. Tant de cadavres entre eux, tant de tortures, de pelotons d'exécution, de cours de justice expéditives...

Franco a un palmarès des plus sordides dans le genre. Il trouvait peut-être, a-t-on dit, Hitler pas très fréquentable, il n'empêche, c'est de son côté (en jouant la neutralité et l'indifférence ou bien en sollicitant son aide – Guernica !) qu'il pencha. Ça vous marque un homme, une carrière, une place dans le déroulé de l'histoire, quand même. Il fallait un homme fort pour remettre de l'ordre dans la maison Espagne déchirée entre régions, provinces, fidèles au roi et partisans de la république la plus pure ! Il l'a fait, à sa manière. Sans pleurer sur les dégâts humains et les injustices. Une véritable extermination, selon le travail de Paul Preston, historien britannique controversé car estimé trop favorable à la vision communiste de l'évolution du monde. Des viols, des tortures, des fosses communes parfois, mais surtout des cadavres que l'on abandonne sur les bords des routes pour impressionner, installer un sentiment général de terreur. L'ordre règne en Espagne. Et une chape silencieuse saisit toutes les provinces. Lassé, épuisé ou terrorisé, le peuple courbe le dos ou bien relève la tête, notamment en Andalousie où l'esprit franquiste victorieux s'affiche.

Franco tient le pouvoir comme on tient un chien en laisse avec un bâton clouté dans une main pour frapper en cas d'écart. Sans lui laisser le loisir de s'ébattre et de respirer.

Et puis les touristes viennent de plus en plus nombreux sur la Costa Brava s'étendre sur des plages et louer des studios dans des bâtiments construits à la hâte, bétons laids défigurant la côte. Plus de trente millions, révèlent les chiffres officiels. Les devises rentrent. Elles viennent de France. Alors pourquoi continuer à le traiter comme un paria dans l'Europe en train de naître ? C'est un raisonnement qui en vaut un autre. L'homme fort, le pays tenu, des frontières traversées par des flots de caravanes et de voitures pleines de gosses fiers d'aller, pour pas cher, se baigner dans la Méditerranée. Pas de quoi poursuivre la quarantaine. Vite, les liens diplomatiques sont retissés. Déjà, on évoque une union de pays européens adhérents au libre marché... Le dictateur ne sent plus mauvais. Il est même un allié possible. La guerre est une affaire ancienne. Bien sûr, quelques combattants républicains sont en France, quelques militants des Brigades internationales vivent encore, mais tout ça, c'est du passé. La réalité impose ces retournements.

L'Espagne, c'est une belle tentation, et tant pis si son vieux Caudillo en uniforme traîne une sale réputation. Et puis à quoi ressemble-t-il ? C'est une bonne question qui est aussi une belle justification de voyage. C'est vrai, le Général ne le connaît pas physiquement. Alors il veut voir la tête de son ennemi, enfin, de celui qui fut son ennemi. C'est très tentant. Après tout, le Général n'en a plus rien à fiche et ce que l'on dira de lui, peu importe ! Il est libre... « Tout de même, Charles ! » aurait pu lui dire son épouse Yvonne, mais on ne se parle pas comme ça dans le couple. Du moins pas devant un tiers !

Les années franquistes sont encore dans tant de mémoires de familles françaises, surtout dans celles des exilés espagnols en train de se reconstruire une vie de ce côté-ci des Pyrénées. Ils ne votent pas, ni ici ni ailleurs, et ont parfois du mal à se faire accepter par les Français où qu'ils aillent. C'est fou de songer combien cette guerre civile extrêmement brutale, sanglante, est passée aux oubliettes, balayée par la guerre sur le reste du continent et dans le monde. Franco fut le plus malin, le plus cynique, le plus prudent. Il massacra sans avoir à se soucier de protestations internationales.

Il se savait sous la protection de l'Église catholique et de tous les régimes anti-marxistes et anti-communistes qui n'en avaient rien à battre de ces républicains anarchistes, de ces socialistes antéchrist qui prétendaient installer la république durablement alors que le petit général aux lunettes sombres présentait bien des attraits. Il se maintiendra habilement en serrant les mains des fascistes d'Italie et d'Allemagne, des dignitaires de Vichy et de leur maréchal, entre militaires haut gradés, cela va de soi, mais n'oublia pas de faire des entorses à ce penchant en acceptant le passage de juifs fuyant le génocide. Le Général savait tout cela, comme il avait su, lu, entendu les récits des répressions terrifiantes de la Phalange dans les provinces espagnoles. Il faut bien un jour parler avec son ennemi, n'est-ce pas, sinon comment faire la paix ? Tout seul ?

Évidemment, écrire ceci près d'un demi-siècle plus tard offre des avantages. On distingue l'incongruité tout comme les conséquences avec plus de raison. On en tire aussi des enseignements sur ce qui se passe aujourd'hui. Le maître de Moscou, Vladimir Poutine, fait ce qu'il veut, annexe la Crimée en février 2014, mène une occupation en Géorgie, se débarrasse de ses opposants, aide un tortionnaire à liquider les Tchétchènes récalcitrants. Kim Jong-un depuis sa Corée du Nord lance des missiles nucléaires. Toutes choses *a priori* impossibles dans un monde ouvert, avec une communauté internationale et un système mondial interdépendant, connecté. Logiquement, ceux qui, dans un demi-siècle, réfléchiront sur nos incohérences pourront se demander pourquoi ces personnages demeurent impunis... Et fréquentables ! Bien sûr, c'est autrement plus dangereux à présent, et il ne s'agit pas de comparer mais de réfléchir sur ces hommes forts qui sont capables de se dégager de toutes contraintes, de tous les usages pour faire ce qu'ils veulent. Les grands dangers viennent de là. On est dans une autre dimension, infiniment plus réduite et sans conséquence, avec cette rencontre à Madrid. Mais, à sa façon, le Général démontrait par cette situation madrilène que tout est possible dans la stratégie politique, y compris de faire du passé table rase.

Entre janvier et juin, il a eu le temps d'y réfléchir à ce passé récent, à ces années 1930 qui finissaient en loques de sang et de larmes en France et en Espagne, à cette fin de décennie qui allait sombrer dans la plus effroyable des guerres européennes, non plus celle des tranchées et des boucheries dans la boue d'un front immobile comme en 1916, mais dans l'extermination des juifs, hommes, femmes, enfants, dans la déportation des homosexuels, des tziganes, des communistes, des résistants… En quelques mois, les fronts populaires se sont divisés, fissurés. Et si en France les conquêtes sociales ont été majeures et préservées, en Espagne, la pagaille idéologique facilite les menées nationalistes, encourage les chefs militaires, dont Franco, toujours précautionneux, voire faussement poltron, toujours en retrait mais avançant pas à pas vers une prise de pouvoir absolu. Ce petit général sut habilement manœuvrer pour s'emparer de la tête du pays, il en avait tellement envie, il fera tout pour la garder et ne comprendra jamais pourquoi un autre général, le Grand, le Français, celui qui dirigea depuis Londres la Résistance, accepta aussi facilement la défaite électorale, s'inclina aussi docilement devant le suffrage universel. Assurément les deux hommes avaient des choses à se dire sur leurs différences, sur leurs destins apparemment proches mais si dissemblables. Franco a tué la République espagnole en quelques mois, mais il n'entrera jamais complètement aux côtés des Italiens et des Allemands nazis dans la guerre. Il a compris, on l'a convaincu : il n'est pas assez « fasciste » ? Il accepte leurs aides, les raids de leurs aviations, le concours de soldats sans états d'âme, les conseils d'experts gestapistes, il ne boude pas son plaisir quand Pétain lui livre des opposants qu'il peut ensuite fusiller ou étrangler, mais il garde en même temps une oreille attentive vers les États-Unis, on ne sait jamais... Il avait bien vu. Dès la fin du conflit, les Américains vite passés à autre chose, à la guerre froide, et tant pis pour le souvenir de la guerre civile, viendront installer des bases militaires sur le territoire hispanique. Le seul ennemi de Franco, c'est le communisme, le marxisme, tout ce qui défrise l'Église catholique *versus* l'Opus Dei, fondée en 1928 et qui prendra son essor à partir de 1950, bien peu regardante sur les méthodes du Caudillo.

Il est presque divertissant de penser que, dès les premiers contacts entre le secrétariat particulier du Général et le palais du Pardo, on frétille de bonheur côté espagnol. Quoi, l'un des vainqueurs de la Seconde Guerre mondiale, celui qui a réussi à prendre place aux côtés de Churchill et de Roosevelt, celui qui *in extremis* a évité que des communistes prennent la place à la mairie de Paris, vient le voir, veut le voir ? Mais c'est inespéré ! Alors Franco va (et son épouse Carmen en est toute surprise, c'est bien la première fois qu'il veille sur l'intendance, s'étonnera-t-elle !) s'intéresser aux moindres détails de ce moment historique. Côté français, par deux fois l'ambassadeur Robert Gillet fait l'aller-retour Madrid-Colombey (à l'époque, ça prend du temps), aux mois de février et d'avril 1970, et puis le colonel Emmanuel Desgrées du Loû, nouvel aide de camp du Général, ex-engagé volontaire dans la 2e DB du général Leclerc (mais on ne sait s'il fut interloqué par cette décision du Général) dirige les préparatifs.

Là encore, il semble que personne ne soit au courant, que la presse ait été tenue à l'écart. Peut-être, mais il y avait quand même des journaux qui ne portaient pas le Général dans leur cœur et qui auraient pu y trouver matière à éditoriaux interloqués. Mais non, pendant cinq mois, nul ne va chercher à savoir ce que va faire le reclus de la Boisserie et encore moins pourquoi on organise ces pourparlers discrets avec Madrid... Par anecdotes distillées comme des feuilles égarées par l'automne, on lit seulement de petits échos sans importance sur la vie du Général. Il marche chaque jour trois kilomètres dans son parc, la forêt domaniale des Dhuits jouxtant Colombey-les-Deux-Églises, ou bien vers Clairvaux, quel que soit le temps. Il aime les grasses matinées, apprendra-t-on vaguement gênés par cette évocation d'une flemmardise saugrenue. En revanche, on se réjouit de savoir qu'il apprécie le pot-au-feu, les plats épicés, la charcuterie, qu'il aime à sucer des bonbons et qu'il boit peu de vin... Tout ceci ne fait pas la une mais agrémente la chronique d'une retraite paisible et sans surprise. Alors que...

Le Général travaille à sa table et fait ses sorties pédestres habituelles mais souvent, compte tenu du mauvais temps, il renonce à ses marches et se laisse conduire dans sa DS une bonne heure à travers les routes de Champagne, une habitude qu'il aura jusqu'à la veille de sa mort. Il écrit. Il reçoit parfois sa famille. Il regarde la télévision et ne change pas d'avis depuis des années : « Le journal télévisé est [...] un monument de pessimisme enchanté autant que systématique. » Comme quoi, à travers les années et les présidents, cette sorte d'appréciation ne varie guère. Cependant, venant de lui alors que l'ORTF est au service du pouvoir et que les chaînes privées radio-TV sont encore loin d'être nées, cela ne manque pas de saveur... D'ailleurs, à son retour, nul parmi les journalistes de la radio-télévision publique n'émettra une quelconque remarque ne serait-ce qu'étonnée... On ne touchait pas au Général-président, même battu par le suffrage populaire.

Petit rappel utile : l'ORTF est née le 27 juin 1964 avec deux chaînes, RTF 1 et RTF 2. Passage du noir et blanc à la couleur en 1967. Le président de l'ORTF est alors Jean-Jacques de Bresson. Entre 1968 et 1972, période qui nous intéresse, ce président censure le film de Max Ophuls *Le Chagrin et la Pitié*, film qui détruit les mythes dont les Français ont encore besoin, explique-t-il.

Difficile présentement d'expliquer cette révérence. Les journalistes pouvaient alors conserver ce respect historique, l'homme était justement hors normes, il incarnait la France, il avait sauvé son honneur de république des droits de l'homme, il avait su anticiper la marche du monde, se mettre hors la loi et défendre cette loi qui ne devait jamais céder aux terrifiantes menées nationalistes. Il était celui de Londres mais aussi de Phnom Penh (en 1966, contre la guerre au Vietnam), celui qui repoussait les communistes mais qui tenait à son indépendance vis-à-vis des Américains, celui de la bombe atomique et de l'autodétermination, des accords d'Évian et du Québec libre, du référendum et de la participation. Une sorte de père de la Nation qui ne serait pas issu d'une lignée aristocratique, ni Bourbon, ni Capet, mais plus simplement de l'histoire de France. Que voulez-vous qu'il puisse faire de mal ? « Est-ce que j'ai jamais attenté aux libertés publiques fondamentales ? Je les ai rétablies. [...] Pourquoi voulez-vous qu'à soixante-sept ans je commence une carrière de dictateur ? »

Alors il est libre, Charles.

Il donne quelques consignes. Il veut aller en Espagne, il veut voir *naturellement* Franco. Et *basta* ! C'est aussi simple que cela, sauf que la réalité oblige à dire que cela fut préparé, planifié, géré, jamais à son insu. L'intendance suit, certes, et comme tout bon militaire, il ne s'en mêle guère. Il s'est en réalité joué des convenances, des règles diplomatiques et a laissé se faire une gigantesque mascarade franco-espagnole. Les chancelleries étaient au courant mais préservaient un secret convenable. Convenable parce que cela servait les intérêts des deux pays, des deux gouvernements.

C'est Maurice Schumann qui en fut averti. Il était ministre des Affaires étrangères dans le gouvernement de Jacques Chaban-Delmas. Schumann, « l'un des premiers, l'un des meilleurs, l'un des plus efficaces », disait de lui le général de Gaulle. Schumann, engagé volontaire dès le 21 juin 1940, l'une des voix célèbres de Radio Londres. Il prévient aussitôt Chaban à Matignon qui profite de la traditionnelle réunion avec le président Pompidou avant le Conseil des ministres du mercredi pour mettre au parfum celui-ci.

« Le Général nous fait un cadeau empoisonné...

— Ni cadeau ni crime.

— Tout de même, pour les combattants républicains...

— Croyez-vous que de Gaulle se soucie de ceux-ci ? Les grandes tragédies supposent de grandes trahisons... Les harkis, Chaban ! Les harkis !

— On le laisse faire ?

— Bien sûr que nous ne ferons rien... »

Pompidou allume une cigarette et semble se perdre quelques secondes dans l'observation des arbres du parc de l'Élysée. Ce sont les prémices du printemps...

« "Les feuilles qu'on foule, un train qui roule, la vie s'écoule" : Apollinaire voyait les choses ainsi.

— Franco va en profiter.

— Mais il va entrer dans l'Europe ! C'est même pour ça que vous avez choisi Schumann, pour donner un nouveau départ à l'Europe, n'est-ce pas ?! Et puis j'ai devant moi cette lettre à Franco signée du Général : "Je suis comme vous-même convaincu que le destin de l'Espagne et de la France, l'union de l'Europe, l'équilibre du monde dépendent dans une large mesure de l'accord fondamental et de l'action conjuguée de Madrid et de Paris. N'est-ce pas cela [et Pompidou met une certaine malice à insister sur la fin de la lettre], n'est-ce pas cela d'ailleurs, ajoute le Général, qu'ont voulu nos Bourbons et les vôtres !?"

— Les Bourbons ! Alors il y pensait !

— C'est la lettre qu'il envoie à Franco après que celui-ci lui a adressé un mot en mai 1969 suite à son départ du pouvoir. »

Ni Pompidou, ni Chaban, ni Schumann, ni même quelques compagnons de la Libération ne commenteront cette escapade gaullienne. La République française avait d'autres soucis. La dictature franquiste ne pouvait que s'en porter mieux. Et lui, libéré après avoir été humilié, lui, l'un des symboles mondiaux de la lutte contre la barbarie hitlérienne, se donnait toute liberté d'une balade apparemment anodine, comme un touriste anonyme, dans un pays qui, le moins que l'on puisse en juger aujourd'hui, avait été saigné de la pire des façons par un militaire factieux, un tenant de l'ordre catholique plus proche des théories hitlériennes que de la simple charité humaine. C'est la force d'un homme seul. Un ultime pied de nez invraisemblable aux théories convenables.

Et il part.

Un mercredi matin, le 3 juin, tôt, sans doute avant neuf heures. La route est longue. Charles, Yvonne et Emmanuel Desgrées du Loû, ainsi que les deux chauffeurs (Fontenil et Marroux) chargés de la sécurité du Général : ils feront des milliers de kilomètres ensemble dans les deux DS noires. Cet équipage quitte Colombey-les-Deux-Églises par une route secondaire, traverse la forêt des Dhuits qu'il connaît bien, puis la Champagne en train de se réveiller aux douceurs de la belle saison, contourne Paris, parcourt le Nivernais, le Bourbonnais, la Corrèze, le Lot, avant de prendre la direction de la Béhobie, cette commune des Pyrénées-Atlantiques face à Irun. C'est madame qui, pour une fois, a donné son avis : elle voulait aller d'abord à Saint-Jacques-de-Compostelle. Auparavant, combien d'heures de voiture, d'arrêts domestiques et de petits repos discrets... (Souvent, pendant ce voyage, il y aura des pique-niques avec déballage de victuailles, repas préparés par quelques petites mains espagnoles restées discrètes, bien sûr.) Le Général et son épouse n'avaient pas très envie d'aller faire halte n'importe où ! Ils dormiront au château de Roumégouse dans le département du Lot, au cœur du Quercy rugueux et isolé des potentiels regards curieux. Cela fera déjà plus de six cents kilomètres parcourus.

Charles de Gaulle connaît Roumégouse, il était déjà passé par là pour un meeting du RPF (ce rassemblement, pas un parti, bien au contraire, répétait-il... avec près de cinq cent mille adhérents), afin de mettre en œuvre le contenu de son discours de Bayeux en juin 1946 portant sur les institutions. Se souvient-il des nombreux meetings et déplacements qu'il fit alors pendant plus de sept ans afin de faire connaître ses idées alors qu'il était interdit d'antenne radiodiffusée sur ordre du gouvernement ? Vincent Auriol est président de la République et Paul Ramadier est Premier ministre. Dans le Lot, il retourne sur ses pas pour cette première étape courte, discrète mais symbolique.

C'est encore l'époque des petites routes départementales, des nationales étroites et de la non-limitation de vitesse. Pas de cortège, pas de carrefours protégés, pas de gendarmes en faction pour esquisser un garde-à-vous, un salut protocolaire. A-t-il songé que c'était une ingratitude ? Non. Il est à mille lieues de ça, il savoure sa capacité à échapper aux convenances guindées. Il est cependant plus que vraisemblable que des messages ont été adressés aux différents préfets concernés afin que tout se passe bien, discrètement, sans démonstration publique.

Le lendemain, jeudi 4, ils traversent Mont-de-Marsan, atteignent Irun, la frontière, puis désormais ils sont en territoire espagnol et donc sous la surveillance efficace du régime. Les illustres voyageurs sont accueillis au parador national Gil Blas à Santillana del Mar. On a vidé les occupants qui s'étaient attardés par là. Ce sera le même traitement partout où le couple passera. Il paraît là encore que Franco s'est penché avec attention sur les conditions du parcours prévu (quelques confidences distillées dans les journaux espagnols afin de bien montrer l'importance de cet événement aux yeux du Caudillo). Il y aura aussi les deux jours suivants un arrêt reposant à Cambados au parador del Albariño. Selon le souhait de sa femme, Charles l'accompagne à la cathédrale de Saint-Jacques-de-Compostelle. Mgr Pelayo, qui les reçoit, désigne une coupe en or portant une inscription signée Philippe Pétain venu jadis aussi en pèlerinage… De Gaulle aurait commenté : « Lui aussi, je le trouverai donc toujours sur ma route, et jusqu'à la fin. […] Il est vrai que le diable a toujours aimé barboter dans le bénitier… ! »

Et ils reprennent la route pour l'étape madrilène. À noter, l'insistance gaullienne concernant le coût du voyage. Cet aspect est rapporté par les fidèles gaullistes plusieurs fois comme une gourmandise, une façon d'entretenir la légende : l'homme a des principes. On sait déjà qu'il était très regardant à l'Élysée dès qu'il s'agissait de dépenses. Son panégyrique n'est pas économe de détails sur les principes du Général quant à l'utilisation de l'argent public. Pas question de superflu ni de se faire pincer en train de dilapider les deniers d'un État qu'il sert de sa hauteur. Ainsi, il éteignait les lumières lui-même, dit-on, à l'Élysée comme à la Boisserie ou ailleurs. En tout cas, il est pointilleux sur le coût présidentiel et encore plus dès lors qu'il n'est plus en fonction. Pas question de se faire acheter ou que l'on puisse le soupçonner de se faire entretenir gracieusement. Lorsqu'il arrive dans ces paradors, il entend bien payer sa chambre. Mais Franco a fait passer l'ordre : le Général est son invité. Au matin, quand le cortège est prêt à partir et que le Général réclame sa note, on décline. Il maugrée, remercie et met la main à la poche, laissant en pourboire l'équivalent de la note. Il y tient. Il salue tandis que les têtes se courbent en remerciements.

Dans les journaux français (à la différence des quotidiens espagnols friands des moindres allées et venues du général français), peu ou pas de photos, ou alors elles sont restées dans les tiroirs. La presse nationale a été en retard. Elle n'a rien su ou voulu suivre du départ et du trajet. On notera bien au bout de quelque temps qu'un homme les observe avec une attention révérencieuse et amicale : Jean Mauriac. Le frère de Claude est journaliste à l'Agence France-Presse, il se maintiendra à distance respectable. Ce qui ne l'empêchera nullement au retour de ce voyage par procuration de raconter un peu les premiers et derniers pas gaulliens en terre ibérique (l'entrevue elle-même est toujours évoquée de façon quasi lapidaire). Autre période, n'est-ce pas ? Un temps de sidération lorsque de Gaulle s'est retiré sans coup férir, s'abstenant de toute déclaration, de toute visibilité. Oh, quelques journalistes vont bien chercher à savoir ce que devient le désormais ex-chef de l'État, celui qui a instauré le suffrage universel et qui en a été la première victime. Mais autant à Paris, dans les rédactions, que sur place, dans le village de Colombey-les-Deux-Églises, il semble que l'on protège instinctivement la retraite du grand homme. Une pudeur ? Une réserve ? Une rétention d'informations ? Une censure ? Toutes les interprétations sont envisageables mais, justement, ce n'était pas le temps du voyeurisme et de la fausse investigation n'ayant pour but que de traquer des vies privées pour faire des unes à sensation. Il serait impossible, totalement illusoire, près de cinquante ans après, pour un personnage tel que le Général, de tenter, seulement tenter, de s'évader ainsi.

Et pour une seconde fois, car l'échappée de Baden-Baden en 1968 fut également volée aux regards de la presse alors que celle-ci se montrait (enfin !) un peu plus sourcilleuse dans la recherche de l'information, surtout le concernant face aux événements, à la révolte dans les rues de Paris. Imaginez aujourd'hui un président démis de ses fonctions partant dans une voiture noire, banalisée sur les routes de France : il aurait à ses trousses des motards de presse, des drones, il serait sommé de s'arrêter pour s'expliquer... Un touriste en cravate nommé Charles de Gaulle assis à l'arrière d'une DS Citroën, en compagnie de sa femme, fait pourtant des milliers de kilomètres sans susciter l'intérêt des médias d'alors. Il file jusqu'à la frontière espagnole.

Et que se passe-t-il dans cette voiture sans vitres teintées ? On regarde le paysage, les villages alignés le long d'une route départementale monotone ? On somnole, on lit ? On se parle ? On écoute la radio ? On fait des pauses ? Probable. Mais qu'imaginer de ce qui passe par la tête du Général ? Un sentiment nouveau de liberté ? Un sourire contenu dans l'idée de surprendre, de déconcerter ceux qui liront plus tard le voyage entrepris ? Une vraie mélancolie comme il en a connu parfois et de son propre aveu lorsqu'il eut le sentiment de ne plus être soutenu par le peuple, celui qui l'a acclamé jadis ?

C'était il y a treize mois et quelques jours, le 28 avril 1969 : « Je cesse d'exercer mes fonctions de président de la République. Cette décision prend effet aujourd'hui à midi. » Deux phrases sèches envoyées à l'Agence France-Presse peu après minuit. La sécheresse de l'amertume dissimulée sous la simplicité du texte. La loyauté d'un homme qui avait prévenu qu'en cas de défaite il partirait. Meurtri, évidemment, car confronté à ce qu'il n'osera jamais nommer publiquement : l'ingratitude populaire.

« Maintenant, je suis mort », aurait-il lâché à un de ses proches, selon des biographes.

Dans la voiture aux suspensions molles qui incitent à l'endormissement, il a dû revoir des moments, des scènes de liesse quand il allait serrer des mains, des paysages familiers et des noms de commune retenus pour leurs sacrifices qui, au fur et à mesure, font la trame d'un récit.

Sa liberté par défaut lui a permis d'écrire, de retrouver cet isolement magnifique de celui qui noircit des pages comme pour remplir un peu plus sa vie, son temps qui lui reste, pour avancer dans une œuvre qu'il voulait exhaustive, méticuleuse, testament parfait pour l'histoire mais aussi pour les Français dont il s'éloignait maintenant. Ils traversent la France dans la plus stricte discrétion en suivant une trajectoire qui ressemble à un voyage d'agrément, une découverte agréable de routes où il serait loisible de s'égarer, un peu comme le font tous les retraités désireux de voir du pays, de renouer avec des souvenirs personnels, de se distraire. Mais il pressent aussi très bien qu'en ayant choisi d'aller au Pardo, d'aller voir à quoi ressemble la tête de son ennemi, la tête du Caudillo haï ici par nombre de ses proches mais désormais réintroduit (pour une grande part à l'initiative des Américains) dans la fumeuse communauté internationale souvent si faible avec les puissants, quels qu'aient été les détails sordides de leurs arrivées au pouvoir, il sait que ce simple moment, officiellement privé, comptera.

Les maires des villes traversées ne sont bien sûr pas avertis. La frontière est ouverte, accompagnée de saluts réglementaires des douaniers français, mais c'est tout autre chose côté espagnol. Des ordres ont été donnés. Ils viennent d'en haut. Ils sont appliqués avec diligence. À partir de ce versant des Pyrénées, c'est l'illustre Charles de Gaulle qui est accueilli. Depuis son palais madrilène, le chef y veille. Les autorités successives dans les provinces où les voyageurs se déplaceront seront très attentives à leur faciliter les visites, les promenades, préservant leur intimité. Tout pour qu'on le laisse tranquille là où il lui semblera bon d'aller. D'aller se reposer dans un parador débarrassé vite fait bien fait de ses autres occupants, libre de respirer l'air chaud de ce pays voisin qui depuis longtemps le fascinait.

« Ils aiment Don Quichotte ! » aurait-il ainsi répliqué à Malraux à propos des Espagnols. Boutade ou saillie provocante, en tout cas de Gaulle y pense à ce héros, ce fantôme, cette longue silhouette qui n'en finit pas de vouloir pourfendre l'injustice. Il a quelque attirance pour ce roman, cette figure tutélaire que d'aucuns peuvent trouver arrogante et caricaturale. Qu'importe, c'est le chevalier sans peur mais à la triste figure dramatique, celui qui n'a pas de tabou, qui va s'empaler dans un moulin à vent, celui d'un récit irréel mais plein de symboles. Cervantès a créé un personnage hors du commun dont le destin littéraire survit de siècle en siècle, désuet, cocasse, fascinant. Comment voulez-vous que de Gaulle, toujours soucieux de la trace à laisser sur Terre, ne soit pas attiré par Don Quichotte ? Le Général s'y voit, ou bien est-ce de l'ironie, une fausse suffisance, une manière de défier son « cher » Malraux.

Il est plus certain que c'est l'histoire de ce pays, longtemps empire souverain sur les mers, maître d'une grande partie de terres conquises de haute lutte, dynastie royale si liée à la nôtre, si étroitement unie au Vatican, ce pays de lumières violentes et de sangs versés, pays demeuré intact malgré la guerre qui a ravagé l'Europe, intact mais si pauvre, que c'est tout cela qui le passionne. On le supposera, car dans le foisonnement des avis et commentaires de gaullistes militants, de franquistes thuriféraires, de chercheurs, d'écrivains, on a bien tenté d'accumuler des faits, mais ceux-ci, sur cette période ultime, demeurent sans explication assurée. Il est dit une bonne fois pour toutes que cet homme tout d'un bloc a aussi droit aux mystères, à l'insensé. Il a laissé des milliers de pages de discours, des livres lourds, des images inoubliables. Mais il y a aussi dans ses petites zones d'ombre de jeunesse, de début de carrière politique, dans sa proximité avec Pétain, dans ses décisions de chef de la France libre, dans ses choix de président d'un gouvernement d'union au lendemain de la Libération, dans sa prise de pouvoir en 1958 flirtant avec un coup d'État institutionnel, comme ensuite dans l'exercice de ses mandats présidentiels, qu'il n'a de cesse de brouiller les pistes. Enfin, celles où les théories des analystes politiques se retrouvent dans la cohérence de leurs présupposés... Cette fois-ci, ils sont bien en peine. Et la relative discrétion sur ce dernier voyage du Général en est un exemple. Il aime donc, prétend-il, le Cid et Don Quichotte. De là à se prendre pour l'un d'eux, ce serait aller bien trop vite en besogne. Le vrai voyage en Espagne commence...

Il est dans ces premiers jours à la découverte d'édifices religieux, de monuments et de villages blanchis de soleil. Il loge dans des paradors, cette hôtellerie de luxe fondée dès 1928 par le roi Alphonse XIII afin de promouvoir le tourisme en Espagne. En 1970, on en recense environ quatre-vingt-dix.

On pourra égrener les noms des églises et des cathédrales, des monastères et des cloîtres ou d'autres monuments approchés. C'est la Castille qui est son obsession. Cette vieille province réfractaire à toute révolution, bourgeoise, alors fermée, conservatrice et catholique, catholique surtout. C'était son premier souhait. Connaître la Castille. Il y est le lundi 8 juin au matin. L'aube déjà tiède s'est annoncée peu avant six heures. Les jours sont longs en juin. Le Général aime se lever tôt. Ils en profitent pour aller visiter le site royal de Saint-Laurent-de-l'Escurial. Impressionnante, majestueuse, étrange bâtisse aux lignes parfaites mais peu engageantes. C'est à la fois un monastère, un musée, un palais, le lieu de la sépulture de Charles Quint et d'Isabelle du Portugal. Ce fut aussi le sanctuaire de la Contre-Réforme. Tout un symbole. Il semblerait que les visiteurs français, ce jour-là, aient été surpris par cet édifice dépourvu d'ornements superflus, quasi vide ou triste... C'est à une bonne quarantaine de kilomètres de Madrid. Il faut s'interrompre. On l'attend avec une réelle impatience. Tout est prêt pour son accueil au Pardo.

Lecteurs, ici commence l'invention, le roman vrai et faux de cette rencontre.

On a tellement de mal à croire que ce fut comme il sera raconté plus loin, une aimable conversation sur la situation internationale, une sorte d'échange courtois sur l'état des lieux du monde. Ou alors l'icône gaullienne s'affaisse, devient misérable. Il serait allé jusque-là, jusqu'à partager une table avec un tortionnaire ? Pas possible de l'admettre sans tenter au moins pour la sauvegarde de l'intelligence de refaire ce bout d'histoire, même au prix de libertés avec la réalité. Qu'ils se voient, c'est déjà stupéfiant, qu'ils fassent comme si derrière eux rien n'avait pu choquer, révulser, c'est impossible.

Donc recréons.

Déduction, logique, mots empruntés, la reconstitution est le fruit de connaissances avérées et de beaucoup d'imagination. Il y a du plaisir à devenir le metteur en scène d'un événement bien réel mais resté secret, si peu, si mal dévoilé par les protagonistes.

Permettez que l'on imagine un théâtre, une scène grandiose ou confinée, selon ses goûts, deux hommes que rien ne devait mettre ensemble, surtout pas le passé, ils ont deux ans de différence, ils ont été militaires, le sont encore, deux hommes dont l'un se sent libre, définitivement libre de ses mouvements, de ses actes ou de ses pensées, et l'autre inaccessible, intouchable, impuni, hors d'atteinte, tellement loin de toutes les futures lois créant un Tribunal pénal international.

Ce qui va suivre est un scénario possible parmi d'autres, vraisemblable car fondé sur des documents, des confidences publiées, des paroles ramassées au hasard de la presse, des livres d'histoire. Les vies de ces deux hommes ont fourni tant de bons mots, de phrases à l'emporte-pièce, de sentences impitoyables ou ciselées comme des jugements implacables pour nourrir abondamment ce qui va suivre. Toute ressemblance ou coïncidence sera la bienvenue. Ce sont des solitaires qui ont entraîné des foules, soulevé des peuples pour des raisons diamétralement opposées. Deux septuagénaires désormais incapables de projets ou de plans à long terme.

Nous, on sait ce qui va se passer dans les mois et les années à venir. De Gaulle est un héros positif. Francisco Franco est un personnage trouble, une sorte de « salaud » à l'abri de toute poursuite, chargé de crimes d'État mais toujours solide au poste suprême.

À l'intérieur du Pardo s'est jouée une pièce de théâtre en trois actes : l'entrée, empreinte de solennité, un peu compassée ; l'entretien en présence d'un traducteur où chacun démontre l'ardent besoin de défendre sa propre destinée ; et puis la fin, le déjeuner, un brin décalé, comme une digression romanesque dans une comédie parfois pathétique.

Un temps ostracisé (« La dictature espagnole est une menace pour la paix de l'Europe », disait Georges Bidault, président du gouvernement provisoire de la République française, en 1946), Franco a réussi à gommer le passé, a remis l'Espagne dans l'ONU, signe les accords de Madrid en 1953 (les Américains y voient un intérêt géostratégique contre les menées de l'URSS) et, comble de bonheur, reçoit le grand vainqueur de la Seconde Guerre mondiale, le président des États-Unis, Dwight Eisenhower, à Madrid en décembre 1959. Oubliée, la visite de Heinrich Himmler dans les mêmes conditions en 1940 !! Comme si l'Espagne (et donc lui-même, tant il s'identifie à son pays) avait purgé sa peine infamante. Elle fut, il est vrai, fort courte car les Américains, dans leur face-à-face avec l'URSS (que l'on baptisait guerre froide), avaient besoin de placer des troupes en Europe sur des bases militaires disponibles ainsi que dans les ports espagnols. Étrange ironie historique, ce fut aussi le même besoin des nazis en 1940 qui fut accepté par Franco. Franco fut peu regardant sur ces occupants. De Gaulle ne supporta jamais les bases américaines sur le sol français. Les dirigeants français et de Gaulle en premier ne pouvaient plus ignorer ce que représentait l'Espagne dans l'idée de construire une Europe des nations.

La raison froide politique balayait les souvenirs d'un passé récent tragique. Plus les années vont passer, plus les commentaires et analyses corrigeront les avis tranchés sur le franquisme. On finira même par lui trouver des avantages...

On modérera les critiques en soulignant que cette « neutralité » de Franco nous a aidés. Du moins, c'est ainsi que les États-Unis l'envisagent au point de précipiter quelque peu la réconciliation avec lui au nom d'une même défense contre les Soviets.

De Gaulle rejoindra *in fine* cette analyse en revenant de son voyage. Franco réussira, là encore, à faire entrer dans les esprits qu'il y avait selon lui trois guerres : la première entre l'Allemagne nazie et l'URSS, et en ce cas il était résolument aux côtés d'Hitler ; la deuxième entre les forces de l'Axe (Allemagne et Italie), et là Franco se voulait neutre ; et la troisième entre le Japon et les forces occidentales, où l'Espagne se déclarait contre le Japon. Triple duperie ou double langage surmultiplié, mais aussi habile manœuvre qui permettra à Franco de se sortir de l'isolement.

De Gaulle sait tout cela. Tout comme il a lu des rapports, quand il était à Londres, sur l'aide apportée au Führer concernant les exécutions de républicains, sur la division Azul, division de près de vingt mille Espagnols, ayant combattu sur le front de l'Est aux côtés des soldats de la Wehrmacht. De Gaulle représente un pays envahi, occupé, composé de résistants, certes, mais aussi d'une très grande majorité de gens qui ont fait le dos rond, baissant la tête en attendant la fin du drame, un pays où l'on a raflé, déporté des juifs et des communistes, où la collaboration a été érigée en doctrine d'État. Lui a bataillé pour imposer la place de son pays, sa présence dans la reconquête, les batailles finales, la Libération.

Il est là, dans la cour du palais royal du Pardo. C'est à quelque six kilomètres du centre de Madrid. La bâtisse ressemble à un énorme château médiéval disposant de tours placées logiquement aux différents angles, le tout est entouré de douves. Sa construction achevée en 1568 a servi de résidence d'hiver à Charles III et, pendant la guerre civile, elle fut le quartier général... des Brigades internationales ! À l'intérieur (mais de Gaulle ne prendra pas le temps d'une visite approfondie), on trouve des tapisseries réalisées à partir des œuvres de Goya. Le Pardo est au milieu d'un parc de seize mille hectares.

Il y a du monde, un peu de public averti et des employés locaux, on se presse pour le voir, pour bien en croire ses yeux. L'homme de Londres est là. Dernière phase d'une réconciliation qui semblait impossible entre les ennemis d'avant-hier. La presse espagnole (soucieuse de plaire) en fera des tonnes, de grosses manchettes dès le soir. Le journal *ABC* titrera « Deux amis se rencontrent ».

Sans nuance. Sans mémoire. En Espagne, on sentait bien que le règne du dictateur était en train de s'achever. Question de mois, affirmait-on chez les opposants. On commençait à vivre mieux. On n'avait pas du tout envie de revenir sur les années de sang. Une génération nouvelle piaffait. La venue de De Gaulle était un événement *people*, un fait digne d'un grand spectacle tragique avec *happy end*. Des dessins joyeux agrémentent les reportages. On a même travesti le Français en toréador !

Il entre. (S'il s'agissait d'une note de l'auteur d'une pièce de théâtre, destinée au metteur en scène, il conviendrait de préciser qu'il n'est pas seul, qu'on l'observe à distance, qu'un interprète est là, qu'en retrait l'ambassadeur tente de le guider, de lui glisser encore des informations utiles.)

« Attention, général, c'est assez sombre ici, méfiez-vous...

— Économie ?

— Non. La solitude, il reçoit peu.

— Quel palais !

— Trop vaste, trop grand, mais plein de symboles.

— Royal, évidemment royal.

— Oui, c'est ce qu'il voulait.

— J'ai déjà dit des choses sur la vanité des hommes...

— Vanité cachée. Il y vit comme un moine.

— Ah, la religion ! Oui, je m'attends à en entendre parler...

— Pas seulement, général, l'âge...

— Mais je suis son aîné.

— Vous verrez, vous verrez bien, général. La méfiance aussi.

— "Le régime doit se défendre et serrer les dents jusqu'à l'âme." C'est bien ce qu'il disait, je crois, pendant la guerre !?

— La guerre civile ?

— Non, la guerre. Je le cite : "Celle que j'ai menée, celle où l'Espagne ne fut pas du bon côté."

— Neutre, général, ne l'oubliez pas.

— La neutralité, cher ami, est une vaste foutaise pour un militaire ! Autant devenir chanoine ! »

L'ambassadeur de France passe soudain devant le Général et indique une porte... Elle s'ouvre.

« Alors vous voilà, général de Gaulle...

— Je voulais vous voir.

— J'en suis infiniment heureux, comme vous pouvez le constater.

— Je n'ai aucun doute là-dessus. »

Voilà une version possible...

L'honnêteté du récit oblige à évoquer à propos de ces premiers échanges deux versions avancées par quelques magazines dont *L'Express*, le 16 novembre 1970, après le décès du Général. De Gaulle aurait dit : « Vous êtes le général Franco, c'est quelque chose. J'étais le général de Gaulle. » À la fois trop court et peu ressemblant au caractère de celui-ci. L'interprète rectifiera plus tard en précisant que le Général s'est tourné vers lui en désignant le Caudillo : « Lui, c'est le général Franco, c'est beaucoup ; moi, j'étais le général de Gaulle, c'était assez ! » Mais les temps changent… C'est trop beau, presque un prologue parfait de théâtre classique.

Sur la photo, il est tout petit, fragile au point qu'on le pressent malingre, en mauvaise santé. Il porte des lunettes teintées, forme arrondie, genre copie de Ray-Ban US. Ils sont en costume de ville tous les deux. Tissu sombre avec rayures pour l'Espagnol et veste croisée sombre pour le Français. Cravates claires, pochette blanche pour Franco. L'un ne porte plus depuis belle lurette son uniforme, la dernière fois (1960), c'était pour l'Algérie et le quarteron de généraux félons, il n'y a donc rien de surprenant. L'autre, en revanche, ayant une lourde tendance à apprécier l'apparat, les décorations, les médailles et les atours pompeux, aurait pu se montrer en généralissime mais c'eût été inconvenant devant le chef d'État français… Quand il avait l'habitude de sorties en province, sorties répétées, Franco exigeait une pompe quasi monarchique, des décors, des banderoles, des musiques, des habits de lumière et des cérémonies solennelles capables d'enflammer les foules convoquées. Le Français, ça n'est pas son genre. Il déteste les dépenses, tout comme les faux-semblants et le grand tralala, et se montre presque avaricieux.

L'Espagnol, passé maître dans tout ce qui peut impressionner le peuple, pense qu'il est là *ad vitam*. Il a du mal à croire que son pays puisse lui survivre. C'est sa version d'« après moi le chaos ».

« Voyez, c'est là où je travaille...

— Ici ? »

De Gaulle semble maintenant penché vers son hôte. Un mètre quatre-vingt-seize contre un mètre soixante-cinq. La photo (il y en a si peu, quatre ou cinq seulement ont été rendues publiques) est intéressante. Le Caudillo tient à deux mains celle du Général comme pour une bénédiction, tandis que de Gaulle se courbe pour découvrir je ne sais quoi dans le visage de cet homme qui fit des courbettes à Hitler et Mussolini. Une sorte de componction réciproque, un peu raide d'un côté, plus gourmande de l'autre. Le dictateur est plus jeune, deux ans de moins, mais il paraît l'aîné, ratatiné, flottant dans ses habits.

Il va pendant plus d'une heure, dans son bureau et à table, faire montre d'une amabilité sans accroc. Il sait très bien faire. Ses ministres disaient qu'il savait écouter, qu'il manipulait parfaitement ses interlocuteurs en évitant de leur donner des réponses précises, en faisant semblant d'être convaincu. Ce qui ne signifiait rien, bien au contraire, le plus souvent. Ici, il joue une partition sans risques. Il garde plus qu'il ne convient la main de son visiteur dans la sienne tandis que l'interprète fait son boulot.

Et de Gaulle, à cet instant, s'est peut-être dit : « La voilà, la tête de mon ennemi. »

Mon ennemi ! Le sien ? Non, ce n'est pas, ce n'est plus une affaire personnelle. Juste de la curiosité...

À quoi elle ressemble la « tête de son ennemi » ? À une tête de vieux monsieur au teint pâle (un « vieillard », osera de Gaulle plus tard à qui lui demandera comment il l'a trouvé) avec une fine moustache taillée avec soin, à une peau déjà parcheminée, à un léger tremblement de la main, un Parkinson, estime-t-on en secret, à une sorte de silhouette de notaire balzacien dans la tristesse d'un grand bureau encombré, pesant comme toutes les pièces, suppose-t-il, de ce palais qui n'a rien d'éclatant, de royal, finalement. Les yeux dans tout ça ? Grands, fixes, noirs, lui semble-t-il. « Paquito » enfant se faisait déjà remarquer par ses yeux capables de scruter longuement quelqu'un ou quelque chose. En face de lui, de Gaulle, plus bas que lui, cet homme qui a pactisé avec le diable est émouvant. Il a l'air sincèrement ravi de le recevoir.

Même si « Votre Excellence » est la formule en vigueur pour s'adresser à Franco, les collaborateurs, les ministres, les proches de celui-ci y sont tenus, comme des vassaux à leur suzerain, elle n'a pas été prononcée, de Gaulle s'en est bien gardé. L'ambassadeur Gillet lui avait pourtant soufflé : « C'est quelqu'un de très à cheval sur le protocole, la hiérarchie. » De Gaulle a dû faire le sourd ou esquisser un lever d'épaules las...

Ils sont assis sur des fauteuils de style qui paraissent, sur la deuxième photo diffusée, rééquilibrer la différence de taille (on distingue dans l'embrasure de la fenêtre, placé en coin, un meuble secrétaire genre Empire). Ou bien est-ce que l'un fait des efforts pour se rapetisser et l'autre pour se tenir le plus droit possible sur le bord de l'assise ? On voit l'interprète à lunettes en léger retrait, attentif. Les interprètes sont tenus au devoir de réserve, au secret. C'était encore un métier rare, fermé. Il fallait faire confiance. Pas tout à fait le genre de Franco. Il n'empêche, il y aura toujours entre eux cet homme fluet dont on devine qu'il parle bas, qu'il est précautionneux dans le choix des mots, qu'il évite de penser à l'insolite auquel il est confronté. C'est un acteur qui se contente de jouer son rôle *a minima*, un fonctionnaire qui exerce son talent. Plus tard, il a bien dû penser que ce jour-là il a vécu à contresens. L'interprète (rencontré par Jean-Paul Ollivier, journaliste, historien, grand spécialiste et admirateur du Général) s'appelle Máximo Cajal. Avocat, il a, entre autres, été secrétaire d'ambassade en Suède et en France. Il est alors âgé d'un peu plus de trente-cinq ans. Sa carrière de diplomate a débuté en 1963. Il a vécu à Paris en 1968 et se souvient, non sans une certaine sympathie supposée, des « événements » étudiants, de la société se soulevant contre le poids pesant d'un système conservateur... D'ailleurs, il achèvera son chemin professionnel au PSOE, le Parti socialiste ouvrier espagnol, de Felipe González après avoir été en poste au Guatemala, à New York, à l'OTAN et à Lisbonne, notamment. De fait, il est diplomate, traducteur et, plus tard, un peu écrivain. À sa mort, quelques journaux espagnols rappelleront qu'il assista à cette rencontre Franco-de Gaulle. On lui attribue cette phrase : « Un diplomate ne doit pas être hypocrite. » Dur, dur pour lui alors de ne pas l'être avec Franco, compte tenu de ses idées personnelles progressistes. Mais les Espagnols avaient pris l'habitude de se taire pour éviter toute répression. Máximo Cajal suivra la conversation et demeurera jusqu'à la fin de sa vie assez discret sur le contenu de celle-ci, sauf quelques confidences uniques qu'il fit donc à Jean-Paul Ollivier. Mais elles paraissent bien pauvres, bien édulcorées, parfaites pour des livres d'histoire qui se contenteraient de légendes photo. Jusqu'au bout l'ordre franquiste sévira et même au-delà...

Dans ce qui suit, il n'y est pour rien, c'est juste la liberté de l'auteur qui imagine un dialogue.

« L'Espagne vous attendait.

— J'ai toujours été fasciné par votre pays chargé d'histoire, je voulais le voir.

— Pourquoi ? »

Le Caudillo a dit ça de sa voix par instants trop aiguë, presque ridicule mais claire, stridente. Il articule du bout des lèvres, désormais. En demandant « Pourquoi ? » au Général, il sort un peu de ses habitudes policées, attentistes. Il est probable que, pendant tout cet entretien préliminaire au repas prévu, le chef espagnol ait gardé une certaine retenue, impressionné par son visiteur, curieux lui aussi de voir la tête de son ennemi. Il ne cessera d'ailleurs de l'observer, d'apprécier la voix gutturale, légèrement affaiblie qui lui parle de son voyage, du passé aussi.

« Il y a quelques années, ma visite n'aurait pas été possible ni même envisageable. Mais les temps ont changé, et j'ai décidé de venir contempler vos monuments, librement, de vous rendre visite, et vous avez eu la courtoisie d'accepter. Je vous en sais gré.

— Les circonstances, général, les circonstances... Mais comment allez-vous ? »

Que voulait-il dire à propos des circonstances ? Voulait-il aborder de suite la guerre civile, les Brigades internationales, la neutralité qu'il professa, ses liens avec les Allemands, avec Pétain ?

« Je vais bien, très bien. Nous avons visité l'Escurial ce matin, au lever du jour, c'était impressionnant, austère et magnifique.

— Avec l'âge et les années, on apprécie le passé, on a tendance à l'indulgence...

— C'est votre cas ?

— On vous dira que non, dans votre pays. Les Français ne m'aiment pas, n'est-ce pas ? Quand on parle de moi, il n'y a pas d'indulgence.

— Claudel vous a défendu.

— Brasillach aussi...

— Celui-là !!

— Je ne trie pas, j'écoute, je lis ce qui vient de chez vous.

— Bah ! Faites comme moi, ne lisez pas trop les journaux, ne regardez pas trop la télévision. On a beau donner des ordres, il y a toujours des journaux pour s'en affranchir. "Les journalistes sont des gens qui sont au plus bas degré de toutes les activités de l'esprit, il faut toujours qu'ils démolissent." Ici, du moins, vous êtes à l'abri...

— Je veille, je veille. »

Chacun le sait, et le général de Gaulle a été mis au courant par l'ambassadeur, le Caudillo se méfie de tout et de tous, une sorte de paranoïa avec laquelle il cohabite comme bien des despotes sur leur fin. Franco a seulement levé la tête vers une fenêtre entrouverte...

« Mais vous sortez peu ?

— Qu'irais-je faire ailleurs ? On me renseigne très bien sur ce qui se passe en Catalogne ou au Pays basque, je sais tout, à quoi bon aller m'exposer ?

— Et vous demeurez isolé... L'Espagne fut une puissance mondiale. La France n'y renonce pas, du moins n'y ai-je pas renoncé. Je suis allé partout dire aux peuples du monde ce qu'est mon pays, en toute indépendance, sans me soucier des hourvaris de gens pleins de bons sentiments, sans craindre le tumulte des petits arrangeurs de traités qui ne veulent rien dire... Vous devriez faire de même.

— On ne m'aime pas.

— C'est vrai, votre nom est tellement lié à une période où l'on se demandait sans cesse de quel bord vous étiez...

— Alors parlons de cela, voulez-vous ! »

Ils savent que le temps est compté, que cette entrevue sera courte, que c'est la seule fois qu'ils se verront. Les deux hommes n'ignorent pas ce qui les oppose, ce qui les sépare, ils ont de quoi fourbir des armes à leurs arguments, de quoi alimenter toutes les controverses possibles. Mais ils sont là, face à face, dans ce Pardo endormi à la mi-journée de ce 8 juin 1970 déjà assommée par la chaleur. La pièce est éclairée par une énorme lampe de bureau. Des parapheurs sont sagement entassés. Les rideaux ne sont pas complètement tirés. La pénombre préserve de la chaleur extérieure. À cet instant, ils sont prêts à se parler des années de guerre.

Dans le bureau, même si de Gaulle avait été averti et avait cherché à les identifier, il ne verra pas les cadres des portraits dédicacés de Hitler et Mussolini. Ils ont été enlevés depuis la venue de l'ambassadeur des États-Unis. Acte diplomatique qui ne coûte rien mais qui évite les quiproquos malséants. Ces portraits, eussent-ils été encore là, qu'en aurait pensé de Gaulle ? Les aurait-il regardés avec la même curiosité qu'il observe les lieux et son hôte ?

« Nous avons eu le même ennemi... commence Franco, comme s'il avait le dessein de trouver immédiatement un terrain d'entente.

— Lequel ? »

Là, de Gaulle s'amuse, il connaît la réponse qui va suivre... On lui a rapporté ce que Franco avait déclaré le 1er avril 1959 à l'occasion de l'inauguration du Valle de los Caídos, monument aux morts franquistes aux dimensions démesurées : « Les ennemis de l'Espagne sont au nombre de sept : le libéralisme, la démocratie, le judaïsme, la maçonnerie, le capitalisme, le marxisme et le séparatisme... » Prudent devant de Gaulle, Franco n'ira pas jusqu'à les citer tous.

« La franc-maçonnerie, les rouges, les communistes, les socialistes...

— Pas toujours...

— Pour moi, oui, ce sont eux, la vraie menace.

— En France, ils ont rendu de fiers services. La Résistance leur doit beaucoup, même si j'ai parfois eu du mal avec eux. Mais, enfin, je dois reconnaître que ce furent des patriotes.

— Après l'accord Staline-Hitler, ce pacte germano-soviétique que j'ai désapprouvé en 1939, Staline n'avait qu'une idée en tête et, sur ce point, je le comprends parfaitement : défendre son peuple et son territoire !

— Staline a mené une guerre de son côté, c'est vrai, pour les intérêts bien compris, je n'en disconviens pas, de son idéologie, que je ne partage pas comme vous pouvez le deviner. Mais, tout de même, il faut saluer l'héroïsme des soldats russes à Stalingrad. Sans eux, nous aurions eu beaucoup plus de difficultés à vaincre Hitler. Hitler ! Comment avez-vous pu ? »

Franco marque le coup. Il a bien dû pressentir que la question lui serait posée. Après tout, ce général de Gaulle n'a plus de contrainte diplomatique. C'est là une partie du mystère de cet entretien. Ils sont de hauts responsables mais ils sont avant tout militaires. Et de façon assez pragmatique, presque désinvolte, ils discutent franchement tactique, technique.

« Lui serrer la main ? Mais comme je vous l'ai serrée aujourd'hui. Je sais, je savais où était l'intérêt de l'Espagne. Je n'ai jamais subi quoi que ce soit. J'ai tout fait lucidement, clairement. Avec les Allemands contre les communistes, mais en restant neutre dès lors qu'il s'agissait des autres fronts.

— Alors il n'y avait pas une guerre mais plusieurs ?

— Trois.

— Cela vous arrangeait, vous permettait d'être de tous les bords...

— Mais tous les bords, comme vous le dites, cela signifiait préserver mon pays, cela voulait dire qu'il ne serait ni envahi ni occupé...

— Entre l'occupation et la soumission, il y a de la place pour l'honneur, pour la résistance...

— Résister à qui ? L'Espagne a résisté au communisme, aux loges franc-maçonnes, à l'irrémédiable sectarisme de ces gens qui prétendaient faire de mon pays une république socialiste !

— La résistance, c'est la seule voix qui vaille quand naît la folie nationaliste... Vous et moi le savons, une armée est composée de militaires de tous les grades, mais finalement seuls quelques-uns commandent, résistent à la pression du nombre. Seule une élite gouverne. J'ai compris avant qu'il ne soit trop tard que cette élite avait failli, alors j'ai pris la tête de cette résistance. »

Le mot aurait pu atteindre Franco. Mais celui-ci avait en tête une remarque de militaire, une objection hiérarchique :

« Avez-vous pensé à la désobéissance, à l'insoumission ? Avez-vous songé combien de chefs ont eu à souffrir de cette insubordination qui gangrène les corps d'armée dès que le danger approche ?

— J'ai désobéi pour sauver la France. Ce n'était pas un putsch ni une révolte. J'ai préféré à ce moment-là rompre les ordres, j'ai préféré, oui, ne pas me soumettre... Pas comme vous...

— Je vous envie, général, vous êtes du bon côté, vous avez le prestige du vainqueur et de la morale. Moi, j'ai seulement voulu garder le peuple espagnol hors du désastre. La neutralité ! C'est un vilain mot à vos yeux, n'est-ce pas ? Mais c'est ma résistance à moi, ma façon de faire pour que rien ne soit irrémédiable, parce que j'avais, et j'ai comme vous, le souci unique de préserver mon peuple, mon pays.

— En pactisant avec les nazis, en les servant, en leur procurant aide et matériel...

— En distinguant chez eux ce qui me convenait et ce que je ne pouvais accepter.

— En entretenant le flou...

— Vous avez été habile en quittant la France pour Londres. Permettez-moi de penser que je l'ai été tout autant que vous en prononçant des discours à la radio, tout autant en faisant semblant, en allant à Hendaye pour rencontrer le Führer, en préservant mes frontières…

— L'habileté est si proche du crime… Vous avez tant sacrifié d'hommes et de femmes, il y a tant d'Espagnols en France…

— Qui guettent ma mort, je sais. Mais ils la veulent depuis si longtemps. C'était eux ou moi, l'Espagne ou le chaos. C'est une expression que vous aimez, général ? J'aime bien votre phrase… Comment avez-vous dit ? “C'est moi ou le chaos !” Un de mes ministres m'a récemment prévenu : “Après vous, Excellence, les forces aveugles du chaos s'imposeront !”

— Être ministre suppose une aptitude à la flatterie.

— Je ne suis pas dupe… Mais le *chaos* ? Du net, du tranché, du militaire : ça vous ressemble, général… Voyez-vous, moi aussi j'aurais pu le dire. Je l'ai pensé lorsque les Britanniques ou les Américains me reprochaient de laisser les avions allemands se poser sur le sol national ou les sous-marins accoster dans nos ports. Oui, je comprenais leurs critiques, mais ils n'avaient pas le choix face à moi… C'était moi ou le chaos, comme vous… Mais vous avez raison : oui, j'ai fait des sacrifices.

— Et des victimes.

— Il le fallait, vous êtes trop militaire pour l'oublier. Allons ! L'armée est une caste supérieure ! J'ai toujours préféré ceux qui ont des galons : Eisenhower, Pétain, ne vous en déplaise, et vous… »

De Gaulle réprime un mouvement pour se lever. Il n'a aucune patience dès que l'on met tout le monde dans le même sac. Avec *Pétain* !

« Je ne suis pas assez militaire pour effacer de ma mémoire, comme chaque citoyen français, les noms de ceux qui sont morts, fusillés, garrottés, pendus et que sais-je encore, parce qu'ils se battaient pour une certaine idée de la liberté... Mais pourquoi au nom de Dieu avez-vous agi ainsi ?

— Parce qu'il est plus facile d'aller sur une île que de demeurer là, sur cette terre maudite, où l'on vous canarde. Parce que je crois en Dieu et que je sais qu'il m'a donné une mission. Qui peut prétendre faire l'histoire en restant assis sur sa chaise ? Des coups de boutoir sont utiles, des coups d'État aussi...

— Quand on manie les armes comme vous l'avez fait, comment croit-on en Dieu ?

— "Chaque fois que j'ai eu à prendre une décision importante, je l'ai prise en uniforme" et en chrétien... "Je suis la sentinelle qui jamais ne se relève, celui qui reçoit les télégrammes de malheur et impose les solutions, celui qui veille tandis que les autres dorment." »

« Il nous faut aller déjeuner...
— Et si vous regardez en arrière ?
— En arrière ?
— Dans votre passé, qui est aussi celui de millions de gens, dans votre pays, au-delà de vos frontières, en Europe, dans le monde où parfois l'Espagne était une référence... Votre passé personnel ne vous appartient pas, pas plus que le mien ne m'appartient. Avez-vous compris que nous sommes des moments d'histoire ?
— Je l'ai toujours su. C'est pour cela que j'ai été impitoyable.
— Nous savons vous et moi ce que cela a signifié.
— Vos amis communistes de la Résistance ont fait la liste.
— Gouverner, c'est détenir la force. C'est commander des hommes, vous êtes un militaire...
— Tout comme vous !

— Moi, j'ai toujours fait le choix de défendre mon pays.

— Moi aussi...

— Pas de la même manière, tout de même !

— Oh, est-ce si différent ?

— Que je sache, ou bien est-ce une falsification de l'histoire ? Vous n'avez jamais été élu, ni même candidat !

— Certes, mais que vaut un rite démocratique alors que le pays est menacé de l'intérieur et de l'extérieur ? C'était moi ou rien...

— Vous me l'avez déjà dit. Je ne m'en cache pas, j'étais un ambitieux politique, et il y eut la rencontre de la circonstance et de l'ambition. L'honneur, en ce qui me concerne, et tout ce qui a été ou sera écrit à ce sujet ne pourra jamais me contredire, a été une règle, un principe intangible. Je m'y suis tenu sans barguigner. L'honneur, justement, de ne pas me soumettre à quoi ou à qui que ce soit qui ne vaille l'avenir de la France. L'honneur de conduire des femmes et des hommes qui, pour une bonne part, n'étaient ni de mon camp, ni de ma religion, ni de ma culture, avec lesquels jamais je n'ai songé partager des idées de révolution ou de grand soir, loin s'en faut. L'honneur du militaire que je suis a été de ne pas me réfugier dans une illusion de neutralité, de collaboration en attendant des jours meilleurs. J'ai refusé, moi, j'ai refusé ! La neutralité ! Mais quel étrange choix de ne pas choisir ou, pire, de faire semblant ! »

Pendant les traductions conduites par Máximo Cajal, ils ne cessent de s'observer, de chercher à ressentir une haine, peut-être, une curiosité, certes, quelquefois une compréhension.

« Tendez bien l'oreille, ici, allez dans les villes d'Espagne, partout où je suis allé moi-même : partout on vous dira qu'il le fallait, qu'il le fallait…

— Il fallait détruire, abattre ?

— Oui, arracher les racines du mal.

— Le mal par le mal… Extirper le diable, quelle illusion !

— C'est notre destin, général, nous sommes sur Terre pour conduire le cours des choses. Vous l'avez fait en partant vous réfugier à Londres. Moi, j'ai décidé de conquérir les terres d'Espagne contre ceux qui étaient en train de les exploiter au profit d'une cause communiste, d'une république bâtarde, de clans qui se disputaient ou s'entre-tuaient… Je vous ai lu, c'était il y a plus de trente-cinq ans, vous aviez écrit ceci, vous voyez, je me suis préparé à vous recevoir : "La passion d'agir par soi-même s'accompagne de quelque rudesse dans les procédés."

— J'ai été l'Espoir. J'ai incarné l'Espoir ! »

De Gaulle fait résonner le mot par deux fois, il prend le temps pour cela sans même regarder son hôte.

« Et moi ? » Franco est vexé, il s'agite… « Que croyez-vous que les Espagnols ont pensé ? Oh, pas ceux qui sont allés chez vous fomenter une rébellion, une guerre qu'il a bien fallu gagner au prix du sang…

— Avec l'aide des Allemands…

— Ils n'ont jamais essayé de prendre ici le pouvoir !

— Ils n'en avaient pas besoin, vous leur ouvriez vos ports et vos terrains d'aviation.

— N'avez-vous jamais fait de concession ?

— Toute concession en matière de gouvernement suppose de renoncer à ses idées. Je n'ai pas cédé. »

Le petit Franco se lève enfin comme si la conversation devait s'arrêter là. De Gaulle se recule sur son fauteuil, s'y adossant d'une manière conquérante. Ils laissent l'un et l'autre du temps passer. Ce sont des instants qui leur appartiennent. Le traducteur n'existe plus. Ils savourent à n'en pas douter le fait d'être là en train de faire l'histoire sans témoin, juste pour eux deux, pour leurs égoïsmes, pour leurs solitudes si différentes et si parallèles. Franco se dirige vers son bureau, le pas est lent mais précis, il donne l'impression d'avoir du temps long devant lui. Il est maintenant à sa place habituelle, assis, presque caché par des piles disjointes de dossiers et classeurs.

« C'est le sort, et Dieu qui a voulu que je sois là. Je n'ai pas forcé les choses, cela s'est fait naturellement. J'étais en situation, le seul pour sauver ce qui devait l'être et, pendant que la guerre sur tous les fronts ravageait le continent, moi je protégeais ce qui pouvait l'être à l'intérieur de mes frontières.

— Vous vouliez le Maroc, je m'en souviens ! Quel culot ! Le 16 juin, vous avez proposé à Hitler l'entrée dans la guerre de l'Espagne à ses côtés contre le Maroc !

— C'était une garantie, un échange de bonne volonté, je traitais d'égal à égal... Ça, vous pouvez le comprendre !

— Même Hitler n'a pas voulu.

— Alors je suis rentré chez moi.

— En fermant les yeux et les oreilles sur les fascistes...

— Le franquisme, ce n'est pas ça. Le franquisme, c'est avant tout la défense du sol, des âmes espagnoles, d'un passé qui avait été malmené, traîné dans la fange.

— Et les enfants, Franco ?

— Les enfants ?

— Oui, ces dizaines de milliers d'enfants volés à leurs parents républicains pour des raisons idéologiques, placés dans des familles tout à votre dévotion...

— Ces enfants seraient morts de misère, nous les avons sauvés.

— C'était bien après votre victoire, il vous fallait arracher les racines du mal républicain à ce point !

— C'est loin, maintenant, général. Ne vous laissez pas entraîner dans de vieilles querelles.

— Des enfants, Franco !

— C'était pour l'avenir de l'Espagne, de Gaulle ! »

Ils se font face, figés, raides. C'est de Gaulle qui tourne la page...

« Aujourd'hui ?

— Il ne restera plus de franquistes après moi. Regardez, ils sont en train de nous épier. Deux têtes chenues appelées à disparaître. Je les connais, mes ennemis, les vrais, les jureurs antéchrist, les rouges qui se sont sauvés. Ils sont en France, ils reviendront quand je serai dans ma tombe. C'est effrayant de ne pas avoir assez d'années devant soi pour édifier des forteresses imprenables. Dire qu'ils nieront m'avoir servi !

— Mais pourquoi diable avez-vous tant tardé ?!

— Tardé ?

— Tardé à rétablir la monarchie. C'était le bon sens. Vous êtes un rescapé, vous avez préservé l'Espagne, le pays n'a pas eu à subir les dommages de la guerre que nous avons connus, il fallait passer la main...

— Jamais ! Vous m'entendez ? Jamais ! Ils détruiront ce que j'ai mis tant d'années à construire... Regardez-vous, général : désormais, votre successeur, vos soutiens, la classe politique française...

— Des médiocres, oui, je sais... C'est si difficile de maintenir un pays, un peuple, dans l'ambition, dans l'indépendance !

— Ah, cette indépendance, ce non-alignement... À croire que vous préférez les Arabes et les Soviétiques aux Américains !

— Les Américains sont nos alliés, mais je n'ai jamais supporté leur arrogance, cette manière qu'ils avaient de vouloir traiter en dehors de moi de l'avenir de la France ! Vous avez vu, ils signent un traité de non-prolifération des armes nucléaires, Nixon et Brejnev ! Sans moi, sans la France !

— Eisenhower est venu ici. Il n'a pas attendu de ne plus être président. Il a compris ce que j'avais entrepris. Le pragmatisme américain ! Il était là, à votre place, bien avant la France… Churchill aussi, que cela vous agace ou pas, estimait que rien ne se ferait sur notre continent chrétien sans l'Espagne.

— Il avait grand besoin de vous.

— Les États-Unis vous ont sauvés. Sans eux, jamais vous n'auriez été libérés. Vous avez joué et raflé la mise, mais c'était un pari risqué !

— Ah, vous pensez encore qu'Hitler aurait gagné, envahi la Grande-Bretagne…

— Je ne l'ai jamais dit !

— Non, mais vous l'avez pensé au point de pactiser avec eux.

— Hitler, c'est comme Mussolini, une imposture. Je les ai vus, moi. Des incultes, de faux militaires. Il me fallait composer.

— Pas de quoi se vanter…

— Je les ai vus, oui.

— Et vous avez serré leur main. Et pris une tasse de café ?

— C'est facile quand on est à l'abri de l'autre côté de la Manche ! Je les ai vus, je n'ai pas obtenu ce que je voulais, et eux non plus, donc j'ai sauvegardé mon pays de toutes les dérives.

— Ils étaient comment ?

— Qui ?

— Allons, ne vous cachez pas... Revenez, dites-moi ! Ces gens-là, ils ressemblaient à quoi ?

— La curiosité, toujours... N'est-ce pas, général ? Vous seriez venu les voir, eux ? »

Franco s'est levé, il est revenu près du Général mais sans s'asseoir. Il a l'air presque souriant, comme s'il était satisfait de la tournure de la conversation...

« Difficile de répondre, général. Vous n'avez jamais envisagé de négocier ?

— Jamais, c'eût été une forfaiture.

— Bah, comme vous y allez ! Toujours les grands mots... Parfois, il vaut mieux se taire ou chuchoter... Cela n'empêche pas de penser, croyez-moi. J'ai souvent pensé à ça : et si on avait fini par s'entendre ?

— S'entendre avec les maîtres de l'extermination ? Avec les tortionnaires des résistants ? Avec les utilisateurs des chambres à gaz ?

— Des détails...

— Je ne croyais pas entendre de tels propos dans votre bouche !

— Je suis dans l'ironie. Je cherche à vous faire sortir de vos gonds ! C'est bien comme ça que l'on dit en France. Vous êtes habitués aux courtisans ?

— Les détails, ce sont des millions de morts, c'est un génocide.

— Oui, oui... Et l'on oubliera... Ne revenons pas sur le passé.

— Eh bien, si ! Revenons sur votre passé, sur ce que vous avez fait ou pas fait !

— J'ai évité que la guerre ne vienne jusqu'ici. Vous verrez, général, le pays va mieux. On exporte, on construit, on vient même de signer un accord commercial avec la Communauté européenne. C'était bien votre idée ? Faire l'Europe avec nous, n'est-ce pas... ? »

Franco semble se ressaisir, un petit sourire au coin des lèvres, car il a fait tiquer son interlocuteur. Comme s'il allait porter une estocade, profitant d'un avantage, il se rengorge, se cabre un peu, écarte les bras et s'élance :

« Mais pourquoi, l'an passé, avoir cédé aux Français ? Des "veaux", n'est-ce pas ?

— Ils ont voté.

— Il y a mille moyens pour que les votes soient dans le bon sens. Une élection ne peut être perdue.

— C'était trop tard.

— Trop tard ? »

Ici, nous faisons parler André Malraux qui a recueilli cette confidence : « Quand je suis parti, l'âge a peut-être joué son rôle. C'est possible. Mais [...] j'avais un contrat avec la France. Ça pouvait aller bien ou mal, elle était avec moi. Elle l'a été pendant toute la Résistance. [...] Quand les Français croient à la France, oh, alors ! Mais quand ils cessent d'y croire !... [...] [Maintenant] le contrat est rompu. [...] Ce n'est plus la peine. Le contrat était capital [...] C'est sans droit héréditaire, sans référendum, sans rien [...] Maintenant, quoi ?

— Maintenant, ils vous regrettent !

— Oh non, ils sont passés aux affaires subalternes... Avec de petites gens qui ressortent de leur trou...

— Moi, je tiens.

— Ici ? Mais vous ne tenez plus rien, sauf peut-être le chronomètre du temps...

— C'est suffisant, ils ont encore peur de moi.

— La peur !

— Oui, la peur. Vous ne savez pas ce que c'est de tenir un peuple par la gorge, d'être son maître, de relâcher peu à peu, mais à volonté, la pression, d'imposer son idée, de ne rien concéder au diable et aux pires communistes, rien ?

— Il en a fallu des pelotons d'exécution...

— Pas plus qu'en 1917, quand vos prédécesseurs faisaient exécuter les récalcitrants des tranchées... Ne tergiversons pas, vous et moi savons ce que coûte une guerre. Ce sont des morts et des blessés, des pleurs, des cris, et puis tout passe...

— Et nous, nous restons dans l'histoire, la grande ?

— Oui.

— Qui peut savoir ce que celle-ci retiendra de vous, de moi ?

— Oh, vous, je vous envie ! Vous êtes sanctifié de votre vivant, tandis que moi je suis tenu à l'écart, on attend ma mort...

— La mienne m'indiffère, ou plutôt m'ennuie, car j'ai encore tant de choses à écrire, à voir. J'irai serrer la main à Mao...

— C'est un militaire, lui aussi. Un vrai.

— C'est un communiste !

— Je n'irai jamais en Chine... »

Cet homme n'a jamais voulu conquérir le monde, n'a jamais su ce qu'étaient les acclamations des foules mexicaines ou cambodgiennes. Là réside une énorme différence entre lui et le Français.

« Qu'est-ce que la politique sinon la capacité de surprendre, d'aller là où même les opinions n'osent croire que ce sera possible ? Qu'est-ce que gouverner, pour nous autres élevés à l'ordre des chefs, des victoires remportées, de la discipline jusqu'au sacrifice qu'il faut savoir exiger même aux subalternes ? Nul parmi ceux que j'ai commandés lors de mes combats ne m'a manqué.

— Nul ne vous a suivi, à ce que je crois, plus tard, en partant à Londres...

— Nul ne m'a suivi, c'est vrai... Ma surprise, je vous le concède, a été de me trouver seul à Londres. Sans aucune personnalité politique de quelque surface. Qu'avais-je comme Français autour de moi ? Des juifs lucides, une poignée d'aristocrates et tous les braves pêcheurs de l'île de Sein ! Que voulez-vous ? J'ai toujours été seul contre tous. Jadis et aujourd'hui.

— On ne se fait pas aimer en étant militaire. Cela n'a aucune espèce d'importance. Il faut assurer l'intendance, et moi j'ai veillé, et je veille encore, à ce que tout ce que l'on méprise du quotidien, parce que c'est de la valetaille, soit strictement accompli.

— Ce qui nous sépare, c'est la vision : vous êtes l'homme d'un pays, d'une forteresse, pas d'une grande idée.

— N'ayez pas de condescendance à mon égard. »

Quels sentiments profonds animent Charles de Gaulle dans ces minutes où il s'entretient le plus naturellement du monde avec celui qui faisait partie de la liste de ses ennemis ? Il observe les effets de la maladie de Parkinson chez celui-ci, il s'agace de mal entendre quelques mots prononcés faiblement et toujours dans les aigus, il trouve chez son hôte une effrayante banalité, tous les signes d'une banalité déguisée... Ou bien il se sent proche, ému par ce vieil homme solitaire, stupéfait d'avoir devant lui un vainqueur, un phénix, un grand d'Espagne... On ne saura pas, jamais vraiment. Pas plus de l'autre côté, le leader espagnol confiera sa satisfaction, son intérêt, sa fierté d'avoir été ainsi visité, mais rien d'autre.

« Il y a des gestes que l'on n'oublie pas...

— Lesquels ?

— Le salut nazi.

— Je ne l'ai jamais fait comme eux !

— Oh si, et souvent, et avec le sourire, le bras bien levé...

— Ce n'était pas le salut nazi, les nazis n'ont jamais été mes amis.

— Ni vos ennemis, et c'est le pire qui vous sera reproché : de ne pas avoir choisi.

— Il faut savoir naviguer, il faut attendre son heure, il faut éviter les obstacles, c'est ce que j'ai toujours fait. Je me suis débarrassé de ce qui encombre souvent l'homme d'action, j'ai été prudent, je ne suis pas un matamore. En tout cas, j'ai vite compris qu'il fallait attendre son heure, ne rien précipiter. Vous êtes un téméraire, vous avez forcé le destin. Moi, je me suis adapté au temps qui passait. Ici, les juifs, les Maures et les chrétiens sont passés. Alors depuis longtemps, j'ai pensé que je devais maintenir un certain équilibre tout en assurant à l'Église un pouvoir sans faille... Pour les juifs, mon frère qui était à Lisbonne et mes diplomates, y compris à Berlin et Paris, s'en sont bien occupés. Puis-je vous confier que ma seule angoisse fut l'avancée russe ?

— La France était à terre, humiliée, j'avais le devoir de rompre, de porter le drapeau sali par ceux qui capitulaient. Les manœuvres subtiles qui consistent à jouer au plus malin avec les pires hommes ne sont pas ma tasse de thé, jamais. J'agis, j'avance ou bien je romps.

— Et vous voici, seul.

— Ça se termine toujours comme ça. Regardez-vous !

— Moi, j'ai l'Espagne. La solitude maintenant me protège. Mon pays est sorti d'affaire, il fera son destin, j'ai fait le mien. Avec l'aide de Dieu.

— L'Espagne de Charles Quint… Je ne voulais pas mourir avant de la voir…

— Charles Quint ?

— Oui, il vous est bien éloigné… Il était déjà l'Europe des langues et des peuples, le chrétien qui s'accommodait des autres, les luthériens, l'empereur d'un monde colonial immense… Mais surtout il a décidé lui-même de sa fin, il s'est retiré, il a abdiqué, il est mort dans son lit.

— Je ne crains rien ni personne.

— Bah, vous êtes comme tous les hommes, vous craignez la mort sinistre, l'agonie honteuse, l'opprobre, celui qui fait monter des cris : “Qu'il s'en aille ! Qu'il dégage, qu'il meure !” Vous avez beau vous barricader mais vous les entendez, n'est-ce pas !?

— Vous êtes bien cruel.

— Non, je vous avertis. Je sais l'ingratitude des foules et la petitesse des cours. Je connais la nature des choses et, pour ma part, “au fond, je ne suis pas mécontent que cela se termine ainsi, car quelles perspectives avais-je devant moi ? Des difficultés qui ne pouvaient que réduire le personnage que l'histoire a fait de moi et m'user sans bénéfice pour la France”.

— Ce qu'il nous faut craindre, c'est le désordre… »

De Gaulle se déplie. Il a l'air de quelqu'un qui s'ennuie et s'étonne d'être là. Il va vers une fenêtre et se place en acteur qui deviendrait ombre, haute, inquiétante. Immense silhouette encombrant l'ouverture et mettant ainsi encore plus son hôte dans l'embarras. Une sorte de noir enveloppe toute la pièce. Les lumières des lampes sont trop faibles.

« Le désordre, général ! Comme sur mon bureau, comme dehors. Ne cherchez rien au-dehors, on ne les voit pas d'ici. Je n'ai pas besoin de les voir. Je les sens, je les connais. Le peuple m'est soumis. Mais je ne me fais aucune illusion. Tant que je vivrai, ils se tiendront à genoux, sauf quelques-uns au Pays basque. Mais ils ont peur, je vous le répète, peur de moi ! Allez, retournez-vous, regardez-moi, général : je suis un vieil homme, j'ai fait ce que ma conscience m'a dicté, comme vous, j'ai conduit ce pays pour qu'il n'aille pas s'effondrer dans les bras des rouges, des incroyants. Parfois, je me suis demandé si les Maures n'avaient pas raison. Nous devenons trop mous, trop endormis.

— La guerre est finie...

— Oui, je n'aime pas la paix.

— Moi non plus, elle me déprime. Quelle lassitude ! »

De Gaulle est demeuré dos tourné. Il se met à réciter, voix sourde, volontairement :

« "Apprends Sancho, [...] qu'un homme n'est supérieur à un autre qu'autant qu'il en fait plus que lui. Tous ces orages qui s'abattent sur nous sont autant de signes que le temps va bientôt se mettre au beau." Quel livre ! C'est toute l'Espagne, cher Franco.

— Bah, une histoire de fou dont je me suis servi. Vous connaissez Don Quichotte et sa mission : "Parcourir l'Espagne pour combattre le mal et protéger les opprimés." C'est toujours ma mission. »

De Gaulle est à contre-jour, il lève un bras et désigne les murs :

« Vous manquez de livres, ici. C'est un mauvais signe...

— Signe de quoi ? Je préfère le solide, les murs, les monuments... J'ai fait construire un mausolée en hommage aux martyrs de la Croisade dans le Valle de los Caídos. Ceux qui sont tombés, les nôtres...

— Construit par les prisonniers républicains !

— Vous savez ce que l'on dit chez moi ? "Malheureux celui qui, à cause des livres, a oublié de lire les pierres." La terre, général...

— ... ne ment pas, oui, je sais. Votre ami Pétain marmonnait les mêmes bêtises.

— La même évidence : les pieds dans la terre comme les plus petits de mes paysans.

— Je vous dois quand même une certaine gratitude.

— ... ?

— L'OAS, les comploteurs du commando Delta, ceux du putsch d'avril 1961 sont venus se réfugier chez vous. On savait donc où ils étaient. Vous les avez gardés à l'œil...

— Lagaillarde, Ortiz, Argoud, Susini et d'autres... Oui, ils s'étaient engagés à ne rien faire contre l'Espagne.

— Du menu fretin, des égarés.

— Vous les avez égarés, trompés même, disaient-ils.

— Tout cela est du passé. J'ai fait mon devoir. »

De Gaulle a voulu clore le sujet. Sa voix est devenue ferme, glaciale. Il reprend ensuite autrement :

« Nous autres devons nous placer au-dessus du commun. Sans quoi, comment nous suivraient-ils ?

— Les peuples servent d'expédients, ils ressentent le besoin d'être conduits... nous sommes faits pour cela.

— Alors il faudrait nous comparer à Staline, à Churchill, à Mussolini, à Hitler, à Nasser ! Quel embarras !

— Vous avez rencontré Staline ?

— Oui, en décembre 1944... Il vous aurait plu.

— Pourquoi dites-vous qu'il m'aurait plu ?

— Vous avez en commun l'absence totale de remords ou de regrets... Comme quoi ! »

De Gaulle a marqué un point. Franco se lève, il sonne et demande qu'on lui apporte de l'eau. Du temps passe sans que l'un ou l'autre ne cherche à prolonger la conversation...

« Si l'on veut conduire un peuple, il faut s'affranchir de tout, y compris du passé, ou bien alors s'en servir comme d'une arme. Je suis fait de cette certitude.

— Réfléchir, décider, trancher, avancer... Que sais-je encore de ce que je suis depuis tant d'années ? Tout cela sans livre, sans écrire, jamais, je n'aurais pu le faire !

— Moi, j'écoute, j'ai toujours écouté attentivement mes proches et mes ennemis. Ainsi, je me suis fait.

— Écrire permet d'oublier la meute. J'ai grand bonheur à le faire chez moi. Dois-je avouer que je suis heureux à ma table, seul, rédigeant mes mots, mes phrases. Il faut de la discipline. Mes mémoires me survivront, ils les liront, j'en suis certain. Mais qu'en feront-ils ? Les livres sont pleins d'enseignement mais celui qui lit développe aussi des capacités d'oubli. Les livres sont une vigilance… Une bibliothèque, Franco : voilà ce qui vous a manqué. Et puis les voyages…

— D'autres le font à ma place.

— Et ainsi vous bercent d'illusions ! Que savez-vous d'aujourd'hui ? Qu'avez-vous retenu de ce qui s'est passé ?

— Ce qui m'importe, c'est aujourd'hui, et puis l'avenir, demain, le sort qui attend l'Espagne après moi.

— L'avenir n'appartient pas aux hommes.

— Vous et moi ne sommes pas comme le reste de l'humanité.

— Je suis un homme qui n'appartient à personne et qui appartient à tout le monde.

— Quelle horreur ! Moi, je ne veux appartenir à personne, ce serait me rabaisser… »

On supposera que l'interprète ne bougea pas. Il est possible que l'on soit venu toquer à la porte pour prévenir le Caudillo que le repas attend Son Excellence. Il est également possible que les deux hommes ainsi réunis soient dans leurs pensées avec des silences ou bien qu'ils surenchérissent de réflexions sur la vie qui passe, les horreurs du passé, l'ingratitude des peuples, ils se trouvent des points communs, ce qui provoque sans doute quelque amusement chez l'Espagnol, mais non sans quelque réticence chez le Français. Ils vivent ce moment unique, hors du temps. Ce mois-là, l'actualité ne retiendra presque rien de cette rencontre. Quelques lignes brèves. Pas de quoi faire la une. En France, il y avait des manifestations au Quartier latin, on apprenait la mort d'Elsa Triolet, la loi anti-casseurs était votée. En Espagne, une sorte de bras de fer opposait le Vatican et le pouvoir quant à la nomination d'évêques. Jusque-là, c'est à Madrid que l'on organisait les listes... Franco se sentait peu en phase avec Paul VI. Trop socialiste, aurait-il répondu à l'un de ses interlocuteurs précautionneux qui venait s'enquérir de ses réflexions concernant la négociation avec le Vatican. Vous vous rendez compte, lui, le fils de l'Église, celui qui a défendu, préservé l'héritage chrétien de l'Espagne, celui qui a subi l'opprobre général alors qu'il n'en faisait pas plus pas moins que Pie XII face aux menées allemandes, lui, Franco, dévot uni à une dévote, devait désormais se remettre à faire des génuflexions, à baisser la tête devant les autorités catholiques ! L'agacement, la bouderie dureront des mois.

« Il vaut mieux avoir une méthode, fût-elle mauvaise, plutôt que de n'en avoir aucune ! Et puis ne croyez-vous pas qu'à la guerre la plus grande franchise soit la plus grande habileté ? La politique et la stratégie de la guerre ne sont qu'une perpétuelle concurrence entre le bon sens et l'erreur.

— Belles phrases, cher de Gaulle, belles phrases… Mais elles n'ont plus aucun effet à cette époque qui va. L'égalitarisme communiste nivelle tout par le bas, tout le monde prend la parole, la notion même d'autorité sur laquelle nous avons bâti nos carrières paraît insupportable aux nouvelles générations… Votre Mai 68 fut une gifle.

— Bah ! C'est loin…

— Pas tant que cela, et la France n'a pas été la seule touchée.

— Oh, j'ai appris avec les années et dans le mouvement incessant du monde que toutes les doctrines, toutes les écoles, toutes les révoltes n'ont qu'un temps. Le communisme, votre obsession, passera. Mais la France ne passera pas !

— Le danger est toujours là. La démocratie, un jour, sera étouffée par ses arguties parlementaires, les batailles de partis, les chamailleries des prétendants, le droit, la justice des juges… Je suis une sentinelle, je veille tandis que les autres dorment.

— Ils ont peur de vous.

— Eh bien, qu'ils restent dans cet état. Ainsi avance une nation comme l'Espagne, il n'est pas inutile que la peur règne sinon les meutes, les esprits communs deviennent fous. Sans crainte, l'homme est une bête qui suit le troupeau, bêlant à tout propos, capable de tous les vices, disponible pour le diable.

— Allons, Franco, vous me faites ainsi penser aux militaires qui, exagérant l'impuissance relative de l'intelligence, négligent de s'en servir ! Vous me décevez, vous avez suffisamment démontré votre capacité à la manœuvre, aux coups tordus, aux reniements spectaculaires, pour croire vraiment au diable de la populace !

— Oh, les foules en délire, les esplanades bourrées, les gens qui hurlent en cadence, je connais ! Je sais fabriquer. Le peuple ? Vous et moi savons parfaitement ce qu'il faut en penser. On n'a point besoin de débattre comme des femmes qui s'ennuient, on sait, on se tait par tactique. Mais, ici, dans ce bureau, chez moi, vous et moi, général, vous ne pourrez contester...

— Quoi ?

— Vous ne pourrez contester qu'il est impératif de ne jamais les croire, les penser un instant sincères !

— Eh si ! Je ne serais pas de Gaulle si, au moment où je tenais tel ou tel discours pendant la guerre et, même, à mon retour aux affaires, je n'avais pas été convaincu de leur soutien réel. L'enthousiasme tient à quelques secondes, c'est vrai. Mais ces secondes-là comptent. Sinon...

— Oui, vous avez raison... Ah, je vais être un peu cruel, vous me pardonnerez, mais j'ai tant reçu de leçons qu'il ne me déplaît pas d'en donner. Tenez, en vous attendant depuis quelques jours, j'ai pris des notes, relevé des dates... Celles-ci : 26 avril 1944, Paris ; 26 août 1944, Paris... Vous savez ?

— Des moments de l'histoire et des aspects subalternes.

— Subalternes ! Vous aimez trouver dans le vocabulaire de quoi faire sursauter, général… Le 26 avril 1944, dans Paris décoré, c'est la grande joie, la foule se presse, applaudit, veut le toucher, les trottoirs débordent : Pétain est là ! La France parisienne y croit encore…

— Vous aussi, Pétain est votre ami, alors…

— Je l'appréciais, c'était un grand militaire, il a sauvé la France plusieurs fois, il a fait un choix pour épargner une tragédie, il a fait ce que commandaient les événements.

— Ce qu'imposaient les Allemands.

— 26 août 1944, les cloches de Notre-Dame, la descente des Champs-Élysées, les chars français, “Paris humilié, Paris martyrisé, Paris libéré…”, et les mêmes, dehors, qui acclament le vainqueur, qui jurent qu'ils ont souffert et qu'ils n'attendaient que lui, vous. Je vivais ça de loin, Madrid était protégé de ces excès. Je savais la victoire des Alliés inévitable.

— Ah, j'avais lu que vous aviez souhaité la victoire de M. Hitler ?!

— Contre les Soviétiques, oui.

— Et pour le reste, vous vous laviez les mains ?

— Paris en liesse pour Pétain comme pour de Gaulle, quelle leçon, là encore… La foule, général, la foule !

— Et vous ? Si vous osiez sortir, si vous vous décidiez à quitter ce tombeau, qu'espérez-vous d'eux ? »

Franco s'est tassé, il paraît encore plus menu, un vieillard gamin, un enfant plissé qui se recroquevillerait pour éviter d'affronter une menace.

« Que diront-ils de nous ?

— Pourquoi s'inquiéter ou, même, se poser la question ? À quoi bon ? Quelle importance ? Je ne crains pas les commentaires ni même les jugements après moi.

— Que diront-ils à leurs enfants ? Que j'ai été un dictateur ?

— Oui, c'est le mot.

— Mais qu'est-ce que la démocratie ? Une dictature inversée, avec un peuple incapable de s'unir, des règles et des lois, de la confusion, un fatras d'obstacles au nom de je ne sais quelle idéologie...

— Pas faux.

— Vous êtes démocrate, de Gaulle ?

— Par force, parce que c'est l'histoire de mon pays, parce que la France m'a choisi. Par désintérêt, aussi. Qu'aurais-je gagné à faire un coup d'État ?

— Pourtant, en 1958...

— On m'a appelé, il était grand temps de remettre de l'ordre.

— Moi aussi, j'ai jugé que, pour l'avenir de l'Espagne, il valait mieux qu'un seul homme détienne le pouvoir de faire avancer les choses...

— Il y avait un roi...

— Un incapable, vite réfugié à l'étranger. Chez moi, on m'avait inculqué le respect du roi en tant qu'arbitre providentiel, fruit d'une sélection naturelle d'un pouvoir séculaire. Ce n'était plus le cas, Juan n'avait rien de tout cela.

— Donc vous...

— Oui, moi, vous... Nous sommes si semblables, beaucoup plus que vous ne le pensiez, n'est-ce pas ? La providence et la volonté, c'est à peu près cela...

— À votre différence, je n'ai jamais pensé être un envoyé de Dieu.

— Et voilà, je suis toujours là, le petit Francisco, Paquito, celui qui a vu la misère des gens, la ruine des paysans et l'arrogance d'une classe politique républicaine. J'ai été là pour éviter d'autres ravages, d'autres révoltes et toutes ces illusions que l'on raconte dans les discours. L'Espagne était en train de quitter sa famille : l'Église. »

À vrai dire, on s'en aperçoit en lisant ses biographes, de Gaulle n'est que fort peu sensible à cet argument. Il est catholique, de famille et de culture chrétienne, mais c'est loin d'être un bigot. Tout au long de son voyage espagnol, il entrera dans les églises, couvents ou monastères avec la curiosité d'un esthète et d'un esprit féru d'histoire, capable de reconnaître des styles, des architectures, des œuvres religieuses. Mais ce rappel incessant de son interlocuteur aux liens qui l'unissent selon lui au Vatican n'a pas dû vraiment l'émouvoir.

Au contraire, de Gaulle demeurera toujours prudent, voire méfiant à l'égard de la hiérarchie catholique. Certains seront déplacés après négociations discrètes avec le Vatican, à la Libération !

« Vous pratiquiez la chasse, m'a-t-on appris...

— Le tennis, le cheval, le golf et la chasse... Ah oui, j'aime la marche !

— Et la traque.

— Le guet-apens, général ! Le piège, l'encerclement lent. Il y a du plaisir dans l'attente, quand on sait que la cible se précise, qu'elle est trop confiante. »

Cela fait maintenant quelques dizaines de minutes qu'ils sont ensemble. De Gaulle a pu détailler les traits de son hôte. Cet ennemi d'hier. Il est bien comme on le lui avait décrit. Desgrées du Loû s'était livré à un portrait minutieux sur le physique de Franco, sa façon presque doucereuse de s'adresser à ses visiteurs, son goût de l'apparat, mais l'aide de camp avait précisé que, le recevant de façon privée, il en serait dénué. Et puis avait-il ajouté, par deux fois : « Il va vous répéter qu'il a fait tout ça pour l'Église, pour sauver une civilisation. »

« Je ne suis pas un tueur, général, contrairement à ce que l'on vous a sans doute dit. Je sais être impitoyable avec mes adversaires. La justice passe. Il ne faut jamais faiblir, n'est-ce pas, quand on commande. La guerre n'est jamais propre, c'est de la sottise de le faire croire.

— De là à faire fusiller systématiquement ceux qui vous avaient combattu et qui se rendaient sous drapeau blanc.

— Je n'avais pas les moyens de la compassion. J'attends le pardon divin. C'étaient des mécréants. Le prolétariat espagnol devait être subjugué par une violence soudaine, sans compromis.

— La guerre que nous avons menée et à laquelle la France a pris sa part était d'une autre dimension. Le péril était immense pour l'ensemble du monde. Comment peut-on rester calfeutré chez soi, être neutre ?

— Il fallait ajouter des cadavres ? Les miens, ceux de mes concitoyens.

— Certains sont allés sur ordre, les vôtres, combattre sur le front de l'Est...

— Contre l'Armée rouge ! C'était un ordre juste.

— C'était une trahison de votre neutralité !

— Vous vouliez me voir, général... pour me faire la leçon ou bien pour tenter de comprendre ? L'arrogance des vainqueurs n'est donc pas terminée ? Je n'ai pas voulu entraîner mon pays dans un drame dont je pressentais mal l'issue. Je n'ai jamais été nazi. Pas fasciste au sens des Français. Franquiste.

— Oh, les saluts hitlériens ! Oh, les sourires entre vous ! Oh, les ambassades et les connivences ! Oh, les parallèles de vos lois !

— Il n'y a jamais eu d'obligation de porter l'étoile jaune en Espagne...

— Qu'est-ce que la neutralité quand on massacre et extermine juste à côté de soi, juste de l'autre côté de la frontière, le mauvais côté ?

— Le bien, le mal, le bon, le mauvais... Cela dépend du moment, des points de vue...

— Mais l'Espagne aurait pu jouer un rôle essentiel contre les Allemands !

— Je ne le voulais pas. C'était jouer le jeu de l'URSS.

— Tant de pays se sont déclarés neutres au début du conflit et puis ont été envahis, occupés. Il n'est resté que quelques irréductibles...

— L'Irlande.

— Oui, l'Irlande que j'ai visitée... L'Irlande, parce qu'il y avait la domination anglaise, il faut le comprendre.

— Alors, général, il faut me comprendre aussi. »

Il conviendrait, si l'on prétend réaliser une histoire précise et si possible exhaustive, de dresser ici la liste des pays non belligérants en 1939 : ceux qui se planquent derrière une neutralité officielle mais commencent à numéroter les inconvénients et les risques, ceux qui s'engagent, ceux qui trouvent dans la non-intervention un bon moyen de régler des problèmes intérieurs, ceux qui, régionalement, y voient une occasion d'en profiter... Les puissances de l'Axe, Rome, Berlin et l'empire du Japon, vont balayer tout ça, envahir, détruire les postes-frontières et se moquer des protestations, tandis que les puissances « alliées » vont se rassembler de façon inégale, chaotique et seront fortement affaiblies au début avant que le retournement de Staline, après son pacte avec Hitler en 1941, modifie la donne.

Quelques pays de moindre importance réussiront à maintenir une neutralité presque totale, outre l'Irlande : la Suède, la Suisse, Andorre, le Liechtenstein et le Tibet, notamment. Le Portugal comme l'Espagne entreront dans l'ambiguïté. Cobelligérance morale sera le terme diplomatique espagnol lorsqu'il s'agira du front de l'Est. Comme si l'on pouvait dissocier un front d'un autre...

Franco, sans doute, n'avait pas l'habitude de ces entretiens à bâtons rompus, il avait plutôt coutume de laisser parler ses conseillers ou ministres, puis de faire semblant de passer à un autre sujet, et enfin de faire savoir ce qu'il décidait. Là, face à son invité, il montre comme une envie de débattre, d'engager un combat de mots...

« Dictateur ! Voyons, si vous le voulez bien, ce que cela signifie... Autoritaire, plutôt. Ou seulement, l'autorité est suffisante. Dictature d'un homme seul ? Au final, oui, mais je mourrai à mon heure.

— Comme Staline encore !

— Comme je l'avais voulu. J'ai conçu cette situation et je l'ai imposée à des hommes qui menaient à l'anarchie, à une guerre civile nécessairement fatale, mon pays. *"Dictadura muy dura"*, une dictature très dure.

— Combien de morts, de disparus ?

— Quelle importance ? Des millions de soldats ou de civils sont morts depuis le début du siècle, on les oubliera, bien sûr. Ce qui compte, c'est ce qui reste, ce qui se tient debout, c'est nous, aujourd'hui.

— Je ne suis pas enthousiaste à l'idée de partager le même banc. Comprenez-moi, en attendant les jugements forcément éloignés de ce que nous avons cru bon de faire ou de ne pas faire, je préfère me contenter de ma statue de commandeur. Les Français y croient encore.

— Ils ont tourné la page...

— Ils se rendront compte bien vite qu'ils sont descendus d'un étage. »

En créant de toutes pièces les détails de cette invraisemblable rencontre, on ne peut que glisser vers la contemplation d'un monde en train de s'éteindre. Les deux silhouettes si différentes, les deux esprits si éloignés dans leurs cultures et leurs pratiques, les deux personnages bardés de décorations et de souvenirs enflammés et populaires marquent l'un de ces passages inexorables d'un temps à un autre, d'un siècle finissant non pas dans le décompte des années ou des décennies, mais dans le sort qui désigne sans barguigner ceux qui s'en vont ou doivent partir et ceux qui prendront la relève.

Dans ce tri inévitable, quelques effets d'images, quelques propos tenus, quelques figures vont encore poursuivre leur séjour parmi les vivants, c'est-à-dire parmi l'humanité active. Cela peut donner le vertige. En matière politique comme culturelle, l'écrémage des importances immédiates est radical. Si peu demeurent. Des ministres ou des tribuns, des lauréats de prix ou des victorieux de compétitions perdent ainsi toute signification par le seul tour de roue du temps présent. Combien auraient pourtant été persuadés qu'ils ne seraient pas effacés de la surface des pensées et des chapitres rigoureux d'un livre historique ? Et, cependant, il n'en reste presque rien.

Là, ce 8 juin 1970, à Madrid au palais du Pardo, ces deux hommes si semblables et si différents, il en restera quelque chose, pense-t-on. Enfin, c'est ce que nous enseignerons encore. D'ici d'autres siècles ? César, Louis XIV ou Napoléon résistent mais, peu à peu, d'autres grands hommes sont tombés (pire, parfois, ils ont sombré) dans une forme d'opacité publique seulement traversée par des chercheurs historiens ayant décidé eux-mêmes de ne plus s'intéresser à leur propre temps pour se réfugier dans celui des autres, ceux de jadis. Franco (mort le 20 novembre 1975 après une interminable agonie vaguement parée de rumeurs médiatiques), sous sa pierre tombale, est encore salué par quelques vieux fanatiques ou jeunes néofascistes comme il en existe beaucoup et de plus en plus en Europe. Ce n'est ni un exemple remarquable ni un pestiféré en Espagne, c'est juste un épisode un peu gênant que l'on rhabille par l'avènement de la démocratie sous Juan Carlos. Justification d'années sales par une renaissance lumineuse…

Peu lui chaut, comme on dit dans les quartiers populaires, il lui reste cinq ans à vivre, enfin, à se rétrécir en contemplant son pays s'ouvrant peu à peu à l'économie européenne, réfractaire aux cris des militants des droits de l'homme, ça, il le maintiendra jusqu'au bout.

« Vous verrez, l'Espagne sera heureuse de vous accueillir.

— Les connaissez-vous encore ?

— J'ai traversé l'Espagne en revenant du Maroc, j'ai vu la misère de mes concitoyens, celle des paysans, des retraités, des ouvriers dans les mines des Asturies. Ils m'acclamaient, ils n'en pouvaient plus des querelles républicaines, des communistes, des anarchistes, ils se signaient à mon passage. Si vous aviez vu cela ! Mais c'était il y a longtemps quand, chez vous, le Front populaire prenait le pouvoir. Moi, je me battais avec mes troupes pour remettre de la justice sociale, pour rétablir l'autorité dans toutes les provinces. Oui, je les connais tous.

— De loin...

— A-t-on besoin d'aller serrer des mains pour connaître les gens ? Je déteste la familiarité. Je m'en méfie.

— Au point d'avoir cédé au culte de la personnalité.

— Si cela leur fait plaisir, moi, je n'y vois aucun inconvénient.

— Votre portrait est partout.

— La peur, général, la peur. Certains de mes officiers légionnaires, lors des opérations au Maroc, avaient cette mission. Les Marocains parlaient des colonnes de la mort. Je ne m'en suis pas offusqué. Il faut savoir éliminer ceux qui ne pensent pas comme nous. Entretenir cette peur jusqu'à aujourd'hui...

— Elle cède un jour ou l'autre à la révolte.

— À la révolution, auriez-vous pu dire... Mais nul ici n'a envie de revenir à des temps bestiaux. Je leur ai offert la sécurité, l'ordre. L'ordre avant tout, car c'est la condition de la réussite.

— Comment avez-vous fait pour vous en sortir ?

— De quoi ? De la guerre ?

— Oui, de la guerre, des nazis, des désordres, justement, qui vous entouraient. »

À ce stade de la fiction, nul doute que le personnage Franco savoure. Il pressent, ou veut croire, de son visiteur une certaine admiration. Ce n'est peut-être pas le bon mot mais quand même. De Gaulle est venu le voir, il est là, bien droit face à lui et il s'enquiert des raisons de sa longévité, de sa survie en milieu hostile.

« Il n'y a qu'une explication : pour "m'en sortir", comme vous le dites, eh bien, je ne m'en suis pas mêlé.

— À qui le ferez-vous croire ? Pas à moi ! Mais je ne vous en ferai pas reproche, d'autres s'en sont chargés et d'autres encore iront écrire sur vous ce qu'il leur conviendra. Il faut prendre les choses comme elles sont et comme l'histoire les a faites. Mais, je vous en prie, n'ajoutez pas à ce qui s'est passé je ne sais quel enjolivement qui ne trompera personne, surtout pas moi qui suis venu selon mon gré vous voir et voir l'Espagne.

— Donnez-moi encore quelques minutes pour vous convaincre, cher de Gaulle ! »

Lui a-t-il fait le récit des heures marocaines où les Maures le pensaient invulnérable ? Où il fut un chef militaire appliquant la loi du talion plutôt que la mansuétude du dominant ? A-t-il évoqué les hommes qu'il dirigeait et qui s'en donnaient à cœur joie en martyrisant les locaux, en pillant, en violant, tout ceci avec l'excuse des représailles ? À l'âge de trente-quatre ans, il est général de brigade. Plus jeune que de Gaulle, il fut plus précoce que lui dans la carrière. Il est de tous les coups répressifs, ainsi contre l'insurrection des socialistes dans les Asturies. Il se permet d'acheter des avions italiens pour réussir, avec plus de vingt-trois mille hommes, son retour en Espagne, *via* Séville, et oser faire crier : « Vive la république, vive l'Espagne ! » Lui évoquera-t-il le bombardement de Guernica par une centaine d'avions de la légion Condor de la Luftwaffe ? Non. Il ne se sent pas concerné.

C'est juste un fait de guerre nécessaire, pense-t-il. Il fera le bilan de sa voix insupportable en donnant l'addition : cent cinquante mille morts et une bonne trentaine de milliers d'exécutions sommaires.

Le roi Alphonse XIII s'est exilé depuis bien longtemps. Reste un homme fort, qui a repoussé les Brigades internationales venues de France, imposé son diktat. C'était moi ou la fin de la grande Espagne, en somme, a-t-il pu murmurer.

« Voulez-vous que nous allions déjeuner ? J'ai demandé que l'on nous prépare un repas simple. »

Au menu, un consommé froid, suivi du saumon grillé avec pommes vapeur à la sauce tartare et un plat de veau d'Ávila cuit dans du porto. Pas vraiment léger !

« Vous aimez le saumon, général ? »

Décidément, c'est le saumon qui inquiète Franco.

Que voulez-vous qu'il répondît ? Rien, il se lève, il jette un œil vers les fenêtres des appartements privés de son hôte qui donnent sur la cour où le clairon sonne tous les matins la « Diane » pour réveiller le chef. Un décor. Ainsi donc, c'était ça, la réalité du franquisme de 1970. Loin de la répression sans témoin et avec les ordres les plus expéditifs, loin des procès simulacres dont les verdicts étaient ordonnés, des condamnations à mort par milliers avec le raffinement de la cruauté la plus grande et loin des entraves aux libertés contre lesquelles hurlèrent, mais en vain, maints militants anti-fascistes. C'était ça, un homme solitaire, certain d'avoir eu raison dans toutes ses actions, persuadé qu'il avait mené de cette façon son pays hors des drames extérieurs, un militaire retranché dans une ultime forteresse qui épie tout ce qui se passe sur son territoire mais qui guette aussi ce que l'on dit de lui ailleurs, dans ces pays qu'il ne connaît pas, qu'il ne connaîtra jamais mais dont il scrute comme un banal notaire les moindres mouvements.

En venant lui rendre visite, de Gaulle le distrait. Il lui apporte une onction suprême, ô combien précieuse dans la construction d'une image publique totalement salie par ses exactions. Même si on peut penser que ce n'est pas son obsession tant il est hors champ politique mondial encore à ce moment. Ils marchent côte à côte, franchissent une double porte en bois sculpté. Ils restent muets, font une pause. La salle à manger du cabinet du généralissime est proche. Ils vont y retrouver Yvonne de Gaulle, l'ambassadeur de France Gillet qui servira d'interprète, le ministre des Affaires étrangères espagnol López-Bravo, la fille et le gendre de Franco, marquise et marquis de Villaverde... Comme un deuxième acte.

À table, il est d'usage de dire des banalités ou bien des choses légères, de faire rire, d'être convivial. Il est un peu plus de treize heures. C'est une heure convenable pour déjeuner, a toujours estimé de Gaulle qui détestait rien tant que les retardataires.

Chacun s'est levé tôt. C'est l'heure chaude avec un petit vent qui frôle les rideaux, ce qui fait murmurer à Mme de Gaulle : « C'est bien agréable. » L'ambassadeur acquiesce. Il faut trouver un sujet de conversation, alors va pour la météo. Quel contraste lorsque les deux hommes entrent dans la pièce et s'approchent de la table. Tout semble les séparer. Tout chez l'un ou l'autre semble opposé. Le physique, l'allure, le petit et le grand, l'orateur et l'écrivain en compagnie d'une silhouette apparemment frêle, sur le déclin, grise, une sorte de vieux parent à qui on rendrait visite pour s'assurer qu'il vit toujours. Franco esquisse un baisemain qu'écourte Mme de Gaulle, l'ambassadeur marmonne une déférence, on s'assied.

« Et vous, chère madame, aimez-vous l'Espagne ? »

Pas besoin d'être grand clerc pour commenter la suite. L'Espagne et ses placettes ombragées, l'Espagne et son climat, son soleil, son ciel bleu. Banalités polies.

« Un voyage parfait, merci infiniment, mais il ne fait que commencer. J'ai été ravie de visiter Saint-Jacques-de-Compostelle, et Madrid est une grande ville, nous irons plus au sud, je crois, c'est ce qui est prévu, n'est-ce pas !? »

De Gaulle n'écoute pas. Il poursuit...

« Savez-vous que le jour de la libération de Paris, en août 1944, sur les flancs du premier char de la 2e DB de Leclerc, il y avait inscrit le nom d'une ville espagnole : Guadalajara ? Que d'autres chars portaient les noms de Don Quichotte, Ebro, Madrid ?

— Je sais aussi que ce furent des républicains espagnols qui étaient là.

— J'ai aussitôt donné l'ordre de faire disparaître la banderole espagnole aux couleurs républicaines déployée.

— Il me fut rapporté qu'avant la guerre vous aviez confié votre soutien à ces gens... »

(Là, Franco a raison. Le colonel de Gaulle, en 1938, soutient publiquement la République espagnole avançant comme argument : « La victoire de Franco couperait la France de son empire africain sans lequel elle serait amoindrie. »)

« Je suis moins monarchiste que vous, et il me semblait alors que votre pays avait besoin de modernité.

— J'ai évité à la France une défaite encore plus misérable. Au mois d'août 1939, à Burgos, avec Pétain, nous avons négocié, et j'ai assuré le Maréchal de la neutralité de mon pays. C'était un soulagement pour Pétain. Pourtant, les Brigades républicaines continuaient de me harceler depuis votre pays. Je n'ai jamais été en guerre avec vous. Comment le pourrais-je ? Je porte quand il le faut les insignes de commandeur de la Légion d'honneur depuis 1940.

— Ah, les breloques ! J'ai connu bien des uniformes chargés de ces ornements que portaient des militaires empêtrés dans leurs certitudes fatales. Que des cons ! »

Franco n'est pas habitué à ce genre de mots grossiers. Máximo Cajal lui traduit. Sans doute pas tout à fait et prestement. Quand deux personnalités telles que celles-ci mais aussi lorsque deux chefs d'État se rencontrent et sont incapables de parler la même langue, il se produit toujours des silences, des sourires, des temps morts, des gestes d'attente, voire d'impatience contenue. La traduction immédiate l'est rarement et, même, pour certains présidents, est-elle dérangeante. Ils préfèrent avoir quelques secondes pour faire semblant d'attendre la fin de la traduction et en profiter pour mieux préparer une réponse, une réplique. De Gaulle aimait à balancer des flèches vives et parfois truculentes. Franco se réservait des parenthèses habilement cachées pour peaufiner une phrase, une décision. Ses collaborateurs, ses proches évitaient de le brusquer ou bien guettaient une sorte de feu vert pour argumenter de manière un peu plus forte, quitte à n'obtenir qu'un vague murmure n'indiquant en rien l'assentiment du chef. On peut donc librement imaginer là encore, à table, que le bruit des couverts, le changement d'assiettes aient accompagné quelques interruptions dues à la traduction des propos tenus. L'ambassadeur Gillet a dû s'employer pour maintenir le rythme de la conversation. Desgrées du Loû se tient prudemment silencieux, passe peut-être le pain ou indique en chuchotant un détail de la table à madame, et c'est à peu près tout !

« Il me paraît toujours nécessaire d'aller voir ailleurs ce qui s'y passe. Dans le monde d'aujourd'hui, rien ne vaut que par comparaison.

— Vous verrez par vous-même, et j'en suis persuadé, vous rencontrerez un pays debout.

— Pour un peuple, continuer de vivre, ça veut dire avancer.

— Je les conduis comme un père.

— Contentez-vous, croyez-moi, d'être un chef... "Rêver en même temps que d'agir", écrivait Barrès. J'ai toujours refusé tout ce qui est figé et donc, en grande partie, les idéologues et les idéologies.

— Plutôt que chef, vous alliez dire un dictateur, un autocrate ?

— Parfois la force prime le droit. »

La force prime le droit, la violence est libre : celui qui se présente est un sauveur auquel on voue un culte. « *Dictadura muy dura* ». Il est hors de l'histoire. Il est le vrai, seul, il a éliminé un pouvoir impuissant, il a conçu dans son esprit la loi. Ils furent tyrans, despotes, autocrates ayant droit de vie et de mort. Ce ne pouvait être que des militaires, des chefs d'armes. La dictature romaine était prévue par la loi au nom du salut public pour faire face à une révolte civile, l'arrivée d'envahisseurs. Le péril en la demeure était la première explication comme une excuse du dérangement qui allait se produire. Pour renverser le tsar, despote dit éclairé parce qu'il aimait à s'entourer d'artistes et de gens de lettres, des citoyens créèrent la dictature du prolétariat, comme une équivalence. Un groupe remplaçait un homme. Le prolétariat faisait masse pour faire tomber une dynastie, des palais et des privilèges. Le décompte des morts anonymes avait peu d'importance. On se sacrifiait. Des générations devaient mourir pour que les suivantes vivent mieux. Des soviets aux Khmers rouges, des maoïstes aux nazis. Les prolétaires fournissaient les cadavres et la main-d'œuvre. Toutes les solutions étaient finales. On dressait des listes et alignait des corps devant des pelotons d'exécution puis dans des charniers. On lit encore chez le chercheur historien anglais Paul Preston qu'entre trente mille et cinquante mille personnes furent tuées ou disparurent ainsi dans les années qui suivirent la victoire franquiste à partir de 1939.

Cela ne pouvait échapper à ses visiteurs. Franco était affecté de tremblements. Le secret médical était sévère. Et jusqu'au bout de l'agonie de Franco à l'automne 1975, sous la coupe de son gendre le marquis de Villaverde, le palais mentait. L'écrivain Manuel Vázquez Montalbán décrit à sa manière ce que de Gaulle et son épouse ont pu constater : « Lorsqu'il devait assumer une rencontre importante, on lui administrait une dose de médicaments plus forte, et c'est ainsi qu'il s'en tira sans dommage de son rendez-vous avec un Charles de Gaulle abattu par sa défaite et fatigué de son artériosclérose. » Dans les deux camps et même longtemps après, on trouvera bien des fidèles pour contester cette vision accablante de deux vieux près de leurs tombes.

Pas d'images du repas. Le photographe a quitté les lieux. Ils sont isolés du monde. Ils parlent de celui qu'ils vont quitter bientôt comme on parle de ses souvenirs, de vieilles photos, d'amis disparus, de quelques événements dont on a peine à se souvenir si c'était telle année ou plutôt bien plus tard. Non qu'ils soient atteints de sénilité mais parce que, dans cette rencontre du crépuscule, forcément, ce fut une conversation sur le passé, sur ce qui les a opposés, sur ce qu'ils ont fait et ne regrettent pas. Ont-ils des regrets l'un comme l'autre ? En tout cas, ils ne l'avoueront pas et surtout pas à celui qui est en face. Entre eux, il n'y a pas d'enjeu, plus d'enjeu, pas de rapport de force non plus. De Gaulle est une statue impressionnante mais désormais sans pouvoir, Franco, une ombre dont on pressent qu'elle va s'évanouir. Les quelques auteurs de lignes sur cette rencontre affirmeront que le Caudillo était gâteux et que de Gaulle était en forme. Voire. Le destin s'est chargé d'inverser le cours attendu des choses. À son fils Philippe, Mme de Gaulle racontera que Franco faisait vraiment beaucoup plus vieux, que sa voix était inaudible. Charles, lui, ajoutera qu'il n'a pas été surpris, qu'on l'avait averti, et puis il conclura : « Je me suis dit que j'avais bien fait de quitter le pouvoir à temps. » (*sic !*)

Question menu, ce fut donc assez simple : consommé froid suivi d'un saumon grillé avec des pommes de terre cuites à la vapeur et sauté de veau au porto. De Gaulle, plus tard, revenu de ce singulier voyage, commentera sobrement la nourriture et les lieux. Manifestement, il n'était pas venu pour ça. D'ailleurs, le repas est assez vite expédié. On se quitte. Certainement contents l'un de l'autre, si l'on en juge par ce qui suivra quelques semaines après.

Commence alors une série de visites au grand galop. Enfin, c'est ce que racontent les encenseurs qui détaillent les lieux que la grande silhouette est venue arpenter : des rues de Madrid jusqu'au musée du Prado, Tolède, l'Andalousie avec, surtout, Jaén, au nord de la province, ville, dit-on, la plus ancienne. Très traditionaliste, elle fut l'une des étapes symbole de la Reconquista franquiste... Puis Grenade et l'Alhambra, la mosquée de Cordoue, les alentours de Malaga, Ronda, Cadix, Séville, pour la cathédrale, Cáceres, Ségovie, Burgos... Tout cela fait de jours tranquilles, de longues promenades pédestres en évitant les heures de grand cagnard, ces dernières étant propices à ses besoins d'écriture ou de relecture des *Mémoires d'espoir* en cours. Il échange sur la corrida (qu'en savait-il vraiment ?) en regrettant le temps de Dominguín alors que El Cordobés joue les stars. Il respire son temps libre. Il se lève tôt et s'enferme pour écrire encore, des mémoires, mais jamais sur l'Espagne. Alors à quoi pense-t-il en traversant ces lieux où tant d'hommes, de femmes et d'enfants ont trouvé la mort sous les coups des franquistes ? Chaque endroit, chaque ville est encore pleine des traces de sang de la guerre civile. En humant l'air de Grenade, a-t-il une pensée pour Federico García Lorca assassiné non loin et dont on cherche encore la dépouille ? Cela fait trente ans, bien sûr, comment l'homme de l'histoire peut-il faire comme si tout était normal ? Comme si son déplacement était seulement touristique, omettant ce qui fut la pire période hispanique moderne ? Avait-il le sentiment de fermer la boucle en ayant serré la main de Franco ?

On n'en finira jamais de s'interroger sur cet ultime acte politique du général de Gaulle. Le destin d'un homme contient aussi un envers parfois insupportable car il vient démentir l'endroit. Est-ce un équilibre entre ce que l'on fait et ce que l'on est ? Entre une ligne de conduite et des écarts dont l'existence et la raison échappent à une lecture confortable ? Franco serait, dans le jargon et la jurisprudence d'aujourd'hui, un criminel de guerre passible d'un jugement de cour. Toutes les archives de cette effrayante guerre civile dévoilent maintenant des récits monstrueux. Partout où l'équipée française ira, se promenant en badauds admiratifs, confortés par des applaudissements ici ou là, des saluts amicaux, des gestes d'hospitalité reconnaissants, partout il y a de quoi nourrir un verdict implacable. Une guerre civile bien sûr ne regarde que l'intérieur de l'État. En droit de la guerre, ce dernier mot n'est attribué qu'au conflit armé international. Sauf, et la nuance dans ce cas est essentielle, si d'autres États interviennent, notamment par l'envoi de troupes. Et ce fut bien le cas : l'Italie et l'Allemagne sont venues prêter main-forte aux insurgés contre une république légale. L'insurrection menée par Franco et d'autres avait des origines religieuses, communautaires, sociales. Elle s'est développée par des pillages, des massacres collectifs. Mussolini comme Hitler y voyaient une possibilité de mener ainsi dans le sud de l'Europe leurs croisades fascistes. C'est l'un des moyens de défense de Franco : il n'a pas accepté de céder son territoire. Par calcul, par conviction, par orgueil national ? Il n'a pas mélangé l'Espagne aux folies nazies à l'intérieur de ses frontières. Les Américains n'ont jamais coupé les ponts. La terreur franquiste était leur dernier souci malgré tous les récits ou appels d'intellectuels. Le froid réalisme des alliances s'accommodait parfaitement de cette fausse neutralité, comme de cet entre-deux médiocre. Les centaines de milliers de morts espagnols comptaient peu dans l'addition de la Deuxième Guerre mondiale. On avait déjà bien assez à faire.

De Gaulle ne pouvait ignorer ce raisonnement mais les émois de ses amis n'avaient que peu de poids dans la balance. Franco était pour lui un ennemi dont il pouvait sans dommage s'arranger. Les réfugiés, la traque ou la livraison de républicains, de communistes, de francs-maçons étaient des à-côtés qu'il avait peut-être déplorés (on n'en sait rien) puisqu'il déclara son soutien à la cause républicaine, mais qu'importe, il ne voyait que l'intérêt de la France, sa survie, sa grandeur. Le sacrifice, dès lors, ne fut pas difficile. Ensuite, il devint chef de l'État soucieux de reconstruire son pays, d'amorcer une autre construction, celle de l'Europe. Et là, il avait besoin d'assurer ses arrières, de faire contrepoids avec cette Espagne mise au ban des nations alliées. La réconciliation fut à ce prix. Il aurait pu s'éviter une visite, un repas mais, bah, il n'était plus en fonction. Ultime affranchissement gaullien de l'éthique. Sur ce point, l'histoire lui en fait *quitus*. La chronique n'a retenu qu'une promenade touristique et une entorse pittoresque à la compréhension juridique.

Le vendredi 26 juin, les deux voitures passaient le col de Roncevaux, comme l'avait expressément souhaité Yvonne de Gaulle, revenaient en France et conduisaient leurs occupants au château d'Ayres à Meyrueis, dans le département de la Lozère. Choix singulier mais significatif du Général. C'est dans ce château, en plein pays du Gévaudan, qu'en 1962 de Gaulle et Adenauer se retrouvèrent ! Le samedi 27 juin, à contre-courant des départs en vacances, ils remontent par l'Aube puis la Haute-Marne. L'équipage avalait encore quelques centaines de kilomètres et le couple regagnait Colombey-les-Deux-Églises.

Dans la voiture, quelques échanges sur les derniers jours, les pays traversés, l'accueil, les lettres qu'il conviendra d'envoyer pour remercier, Franco aussi… « Le saumon était exquis… » commente Yvonne de Gaulle en souriant. « Au bout du compte, j'ai dû lui dire "vous avez été positif" pour l'Espagne, vous comprenez ? » « Au bout du compte… » répète-t-il, comme pour lui-même, pour éviter d'avoir à trop en dire. Puis ce constat gaullien qu'il rappelle dans sa mémoire de militaire en 1932 : « La passion d'agir pour soi-même s'accompagne évidemment de quelque rudesse dans les procédés. » Bien plus tard, on usera d'une autre expression : « Dégâts collatéraux. » Ah si, il y aura cette expression gaullienne comme un commentaire trivial, remarque faite en privé bien évidemment… : « Dieu qu'il a eu la main lourde. »

Deux jours après être revenu chez lui, le Général écrivit à Franco une lettre de remerciements. Il aurait pu faire sobre. Il rédigea en fait un éloge étonnant, dérangeant mais bien dans la lignée de son choix :

« Je veux vous dire à quel point j'ai apprécié la magnifique et aimable hospitalité qui m'a été accordée en Espagne pendant mon séjour. C'est avec un puissant intérêt que j'ai pu prendre contact avec quelques aspects de l'histoire et de la vie de son grand peuple et recueillir partout l'impression qu'il se trouve en plein essor. Avant tout, j'ai été heureux de faire personnellement votre connaissance, c'est-à-dire celle de l'homme qui assume, au plan le plus illustre, l'unité, le progrès et la grandeur de l'Espagne. Je n'ai pas manqué d'être fort impressionné par notre entretien... Bien que je ne prenne actuellement aucune part directe aux affaires publiques, je suis convaincu de l'importance que revêt notre rencontre en ce qui concerne les rapports d'amitié et de coopération de nos deux pays, qui sont faits par excellence pour se comprendre, s'estimer et agir ensemble dans l'Europe et le monde d'aujourd'hui et de demain… Que Dieu vous aide, mon général ! »

Et de placer juste avant de signer : « L'assurance de sa très haute et amicale considération. »

L'ennemi est oublié. De Gaulle absout Franco. Et fait référence à Dieu pour conclure. Ce n'est pas anodin.

« Glaçant », écrira Mauriac.

« J'aurais quitté le gouvernement si de Gaulle avait fait cette visite en tant que chef d'État », confie André Malraux à Jean Lacouture.

Il ne l'était plus, mais ce distinguo qui semble exonérer de Gaulle, pour subtil qu'il soit, révélant une fidélité amicale sans faille, n'en est pas moins contestable.

Même sans les attributs de la fonction présidentielle, de Gaulle reste lui-même, le « héros », « l'homme démocrate » face aux barbares et à leurs alliés. Soyons indulgents avec Malraux. Dans *Les Conquérants*, il écrit : « Juger, c'est de toute évidence ne pas comprendre, puisque si l'on comprenait, on ne pourrait pas juger. » Cette phrase résonne claire pour ce rendez-vous du Pardo. Mot à mot, cette lettre de remerciements, c'est une absolution du passé, des crimes et des liens espagnols franquistes avec le régime hitlérien. L'Espagne, à l'époque, n'est pas en plein essor, ou alors il faut être aveugle pour ne pas voir les villes industrielles sombres et sinistres, la misère des campagnes, le développement anarchique des zones urbaines et des zones côtières...

Être « heureux de faire personnellement votre connaissance », c'est l'aveu d'une victime consentante saluant son bourreau de naguère avec une belle empathie révélant une amnésie consternante. « Fort impressionné par notre entretien », c'est se moquer de la plus simple réalité. De Gaulle a trouvé en Franco un vieillard... Il le répétera avec condescendance. Et puis par quel mystère soudain le général de Gaulle serait-il impressionné par quiconque ? « L'homme qui assume [...] l'unité, le progrès et la grandeur de l'Espagne », c'est mentir et balayer toutes les avanies, les cruautés, tous les scandales, toutes les atteintes aux plus élémentaires libertés... Mais où s'est perdue la pensée du Général ?

Se pencher sur cette lettre froidement, avec un soin d'entomologiste, c'est y voir un point final courtois à une hospitalité. Normal de remercier celui qui vous a reçu. Normal de faire usage des règles de politesse, y compris avec un chef scélérat qui a imposé par les armes une dictature fière de ses accointances avec le pire régime nazi. Normal ? Mais l'auteur est le général de Gaulle. Il est porteur d'une si grande page de l'histoire de la France et de ses valeurs, dont la liberté n'est pas la moindre, qu'on ne peut accepter cette missive, cette rencontre sans y voir une ombre inopportune sur sa biographie. Cela fait partie des errements néfastes.

Le héros était donc faillible. Il n'a pas tenu la distance. L'enfant du début de ce récit aura de quoi s'attrister dans les livres d'histoire dont il faudra qu'il retienne les grandes lignes, les cohérences et les travers des grands hommes qui ont mené la barque humaine depuis les rois jusqu'à aujourd'hui. De Gaulle a flanché. Il faut savoir parler à tout le monde et, pour faire la paix, bien sûr qu'il faut se mettre en face de l'ennemi et signer un traité, un compromis. Sauf que, dans cette journée du 8 juin 1970, il n'y avait ni traité à signer ni compromis à faire. C'était la démarche d'un homme porteur d'une magnifique espérance réussie envers un autre homme, dont le moins que l'on puisse écrire est qu'il a mis du sang sur le drapeau rouge et or avec l'aigle de Saint-Jean (remplacé depuis 1977 par les armoiries de l'Espagne). De Gaulle éprouvait une sorte de solidarité corporatiste pour Franco le militaire. Il devait bien y avoir aussi un agacement devant la réussite de la longévité de ce despote à vie ou bien ce fut juste une faute de parcours due à cet irrépressible besoin qu'il a toujours manifesté : agir selon son instinct, en toute liberté personnelle, sans se soucier ni des cris contemporains ni des jugements de l'histoire.

Il me reste une interrogation mais elle est d'un autre ressort, plus philosophique : le culte du Moi. Non pas la trilogie de Maurice Barrès (ce qui serait ici ambigu) mais la personnalité de l'être humain dans sa tendance à ne considérer que soi. Être le sujet et l'objet de toute la pensée. De Gaulle comme Franco ont un jour dans leur intérieur (leur âme ?) décidé d'être leur propre arbitre entre le ça, le surmoi et les impérieuses nécessités de la réalité. Ils ont fait des choix parallèles et des choix opposés. S'il ne s'agissait que du destin de deux hommes, ce serait dérisoire. Mais eux deux ont incarné des forces et des peuples, ont suscité des sacrifices et des engagements terribles. Ils auraient pu ne jamais se rencontrer. C'est Charles de Gaulle qui a forcé une fois de plus le destin, laissant ainsi une ultime interrogation sur les fondements de toute action politique.

Bibliographie

Espoir, revue, Institut Charles-de-Gaulle

De Gaulle, Jean Lacouture, Seuil, 2010

De Gaulle ou l'éternel défi, Jean Lacouture et Roland Mehl, Seuil, 1988

Charles de Gaulle. Un destin pour la France, Jean-Paul Ollivier, Larousse, 2013

Les Derniers Chemins du Général, Jean-Paul Ollivier, Plon, 2005

Charles de Gaulle jour après jour, Olivier Germain-Thomas et Philippe Barthelet, Nathan, 1991

De Gaulle et le Service de l'État, témoignages de collaborateurs, Plon, 1977

L'Écriture de Charles de Gaulle, Dominique de Roux, Éditions du Rocher, 1999

Aimer de Gaulle, Claude Mauriac, Grasset, 2010

Une guerre d'extermination, Paul Preston, Belin, 2016

Histoire de l'Espagne franquiste, Max Gallo, Marabout, 1969

Moi, Franco, Manuel Vázquez Montalbán, Seuil, 1994

Franco, Bartolomé Bennassar, Perrin, 1995

Dans cet ouvrage ont été reproduites des citations extraites de :

p. 20 : conférence de presse du 19 mai 1958.

p. 20 : François Flohic, *De Gaulle intime. Un aide de camp raconte*, Éditions de l'Archipel, 2010.

p. 21 : Claude Mauriac, *Aimer de Gaulle*, Grasset, 2010.

p. 21 : Charles de Gaulle, *Mémoires de guerre, Le Salut, 1944-1946*, Plon, 1959.

p. 41 : Jean Lacouture, *De Gaulle*, Seuil, 2010.

p. 57 : Charles de Gaulle, *Lettres, notes et carnets, janvier 1961-décembre 1963*, tome 9, Plon, 1986.

p. 58 : 19 mai 1958, conférence de presse à Orsay.

p. 60 : Guillaume Apollinaire, « Automne malade », *Alcools*, 1913.

p. 65 : Jean-Paul Ollivier, *Charles de Gaulle. Un destin pour la France*, Larousse, 2013.

p. 89 : propos tenus lors d'une conversation à Colombey, le 30 décembre 1969, et rapportés par Jean-Noël Jeanneney, témoin.

p. 96 : Bartolomé Bennassar, *Franco*, Perrin, 1995.

p. 105-106 : André Malraux, *Le Miroir des Limbes II. La corde et les souris*, Folio, Gallimard, 1976.

p. 110 : François Flohic, *De Gaulle intime. Un aide de camp raconte*, Éditions de l'Archipel, 2010.

p. 111 : Miguel de Cervantes, *L'Ingénieux Hidalgo Don Quichotte de la Manche*, tome 1, Seuil, 2001.

p. 134 : Jean Lacouture, *De Gaulle*, Seuil, 2010.

p. 137 : Manuel Vásquez Montalbán, *Moi, Franco*, Seuil, 1994.

p. 99/143 : Charles de Gaulle, *Le Fil de l'épée*, Perrin, 1932.

MIXTE
Papier issu de sources responsables
FSC® C003309

Les papiers utilisés dans cet ouvrage
sont issus de forêts responsablement gérées.

Achevé d'imprimer sur Roto-Page
par l'Imprimerie Floch à Mayenne en avril 2018
N° d'impression : 92602
Imprimé en France